作者的話

　　如果，你有一把哈利波特的掃帚，或者有一雙小飛俠的翅膀，或者有一張阿拉丁的魔毯……你一定會想要騎著掃帚，或者伸開翅膀，或者跳上魔毯，超越時空的在天際中任意遨翔，俯瞰著大地上所發生的一切事物吧？

　　如果，你真的擁有這種魔力，而你最想看到的，會是什麼時代，什麼地方，什麼人物，和什麼景象呢？

　　要是你問我這樣的問題，我會毫不猶豫的回答：「很想親眼看看在中國宋朝時期，那個興盛繁華的開封城，到底有多熱鬧，多好玩！」

　　十幾年前，我曾經在北京的故宮博物院看到一幅難得展出的中國宋代名畫「清明上河圖」。這個一流國寶級的古畫，原來是一張可以捲起來變成一個圓筒的手軸長卷。但是在展覽的時候，就得把圓筒整個展開來，平放在安全的玻璃櫃內，才能供前來觀賞的人們，一窺畫中的全貌。

　　這幅畫給我帶來連連驚喜。首先是它的尺寸（長 528 公分、高 25 公分）。這樣的長度大概和一輛巴士的長度差不多了，而高度卻只有一根音樂家指揮棒的高度。在這個細長的畫面裡，主要是描繪北宋京城開封的富庶景象和頻繁的活動，內容高潮迭起，多彩多姿，真是令人嘆為觀止。畫中光是不同的人物就有八百多個哩！他

們在畫裡雖然只有小姆指殼那般大小，卻個個栩栩如生，奔走著、忙碌著、談笑著，甚至爭吵著……在那個遙遠的年代裡，那些人到底是誰啊？他們在做什麼呢？這裡面一定有很多故事可說啊！

我買了一張與原畫同樣大小的複製品，準備帶回家中仔細賞玩，希望可以從中發掘到一些靈感，寫出一個感人的故事。

好友 Rena 是一位生長在中國，後來移居美國的美籍猶太人。她是一位知名作家，也是研究「猶太人在中國的歷史」這個專題的學者。我倆都愛幻想，愛創作，曾經合寫過一本英文著作，書名是 "Cloud Weavers"（《編織雲彩的人》）。

當我向 Rena 展示著我帶回來的「清明上河圖」複製品時，順便開玩笑似的問道：「聽說很久很久以前，猶太人就經過絲路去中國通商了。這張長卷畫的是一千年前北宋年間的開封城，那裡曾經是商業貿易活動中心。妳看，這張畫裡有這麼多的人物，其中會不會有捲髮戴帽的猶太人啊？」

Rena 笑著眨眨眼，隨手往畫上一指，說道：「有啊！瞧，這兩個玩在一塊兒的少年，不正是一個中國人和一個猶太人嗎？」

於是，本書的主人公——迪迪和莫莫就誕生了。

我和 Rena 一起坐上一張魔毯，飛往宋代的開封城，沿著「清明上河圖」的路線，飽覽了汴河兩岸的風光，和城內熙熙攘攘的市集和人群。當然，我們還特別去造訪了附近猶太人聚居的區域。在這次一起神遊的過程中，我和 Rena 對彼此的文化和歷史淵源，有了更進一步的認識，因此也更加深了我們之間的友誼。

　　一年後，我們合作的這本書《紅風箏和藍帽子》也順利誕生了。

　　有人說「世界是平的」，也有人說「地球已經變成了一個地球村」。總而言之，世界變小了，不同種族，不同文化的人們，都住在同一個村落裡，息息相關。所以我們更需要瞭解彼此，才能互相尊重、互相友愛、和睦相處。希望迪迪和莫莫的故事，會對我們有所啟發。

PREFACE

We hope you will find the story you read exciting. It is about the adventures of two boys, one Chinese and one a Chinese Jew who lived long ago in 12th century Kaifeng . Of course, you know that at the time Kaifeng was the capital of China and the Emperor lived there in his beautiful Palace.

A great Chinese artist painted a famous scroll about this city and the Chinese people treasure it until today. It is called: Qing Ming Shang He Tu. Our two heroes, Prince Didi (the son of the Emperor) and Momo (a Chinese Jewish boy) meet and have surprising adventures. Sometimes you will be puzzled, but as you read on, you will find out answers to strange happenings that mystified you.

Why did we call our story 'Red Kite and Blue Cap'? Because Didi loves the wonderful red dragon kite which his father gave him on his birthday and carries it everywhere he can. Momo always wears a blue cap on his head, like all Jewish men and boys do in China. On his shoulder is always perched his beloved parrot Tuki, who says words in Hebrew (the language of the Jews) and learns Chinese words too.

As they spend days together, the two boys become close and loving friends. Didi hears from Momo stories about Jews that he had never heard before, and Momo learns from Didi many things about China he did not know.

The boys are accompanied by an older boy, Ping, whom the Emperor trusts and who is very responsible. Both boys admire him. He is a good example to them.

Didi's father, the Chinese Emperor, is a very wise and kind man. He welcomes a group of Jews who had arrived in China and makes them feel at home in Kaifeng. The Jews become very loyal Chinese citizens. The Emperor also understands that his son is eager to see the world outside the Palace walls, and permits him to travel in the city of Kaifeng with Ping. Didi and Ping are simply dressed so nobody can guess who they really are. This helps Didi meet ordinary Chinese people and better understand them. Their lives are quite different from life in the Palace. The Emperor believes that one day, when Didi in turn becomes Emperor, he will be able to reign China well.

Be prepared to read many thrilling adventures Didi, Momo and Ping encounter, think about them, and learn many new things. This story is fun. We hope you will feel, like the authors do, that Didi and Momo have become your friends.

R. Krasno

作者的話 (譯文)

　　我們希望你讀這故事時會覺得興奮。這是關於兩個男孩的冒險故事，其中一個是中國人，而另一個是猶太裔的中國人，他們生活在十二世紀的開封。當然啦，大家都知道當時的開封是中國的首都，而皇帝就住在位於開封的漂亮皇宮裡。

　　有一位偉大的中國藝術家以開封城為主題畫了一幅非常有名的畫卷，中國人直到今天都還非常珍視它。這幅圖叫做「清明上河圖」。我們的兩位英雄主角——迪迪王子（皇帝的兒子）跟莫莫（猶太裔的中國男孩）——相遇，並碰上令人驚訝的冒險。有時候你會覺得困惑，但是當你繼續讀下去之後，就會找到那些怪異事件的真相。

　　為什麼這個故事叫「紅風箏和藍帽子」呢？那是因為迪迪非常喜歡父親在他生日時送的紅龍風箏，他不管到哪裡都帶著它；而莫莫就像所有在中國的猶太裔男生一樣，總是在頭上戴著一頂藍色的帽子。他的肩膀上也總是停著一隻他最心愛的鸚鵡圖吉，這隻鳥會說希伯來語（猶太人的語言），也學著說中文。

　　當他們相處久了之後，這兩個男孩變成很親近的朋友。迪迪從莫莫那裡聽到從未聽過的猶太人故事，莫莫也從迪迪那裡學來許多關於中國，而他所不知道的事。

　　有一個較年長的男孩陪伴他們兩個，他的名字叫做陸平，皇帝非常信任他，而且他也很有責任感。兩個男孩都很尊敬陸平，他是他們心目中的楷模。

　　迪迪的父親——也就是中國的皇帝——是個非常有智慧又充滿慈愛的人。他歡迎猶太人來到中國，並讓他們在開封自在的生活。這些猶太人都成了忠誠的中國公民。皇帝也理解他的兒子渴望見識到皇宮外的世界，所以准許他跟陸平一起在開封四處遊歷。迪迪跟陸平穿得很樸素，所以沒有人能猜出他們的真實身分。這也使迪迪能遇見尋常的老百姓，並更了解他們。百姓們的生活跟皇宮裡非常不同。皇帝相信，有一天當迪迪成為皇帝時，他一定能將中國治理得很好。

　　請你準備好閱讀迪迪、莫莫和陸平所經歷的刺激冒險，動腦筋想一想，並學習一些新的事物。這是個有趣的故事，我們希望之後你能跟作者有同樣的感受——那就是迪迪跟莫莫已經變成了大家的朋友。

紅風箏和藍帽子

紅風箏和藍帽子

文·張燕風
Rena Krasno
圖·王平、馮艷

第一章

皇帝展開卷軸畫　太子初識眾生相

　　很久以前在中國的開封城，有一座金碧輝煌的宮殿。平時，宮中顯得非常的莊嚴肅穆。但這一天卻很不同，從清晨開始，就聽到敲鑼打鼓，絲竹並奏，舞龍耍獅，眾人穿梭不停，笑語不斷，處處是歡愉熱鬧的景象。

　　噢！原來是皇太子「迪迪」十二歲的生日呢！宮裡所有的人，都寵愛著這位聰明伶俐、氣宇非凡的小太子。他們歡天喜地的在慶祝這個大好的日子！

　　人們送來的禮物，一個個都用最鮮豔閃亮的絲綢包裹著，從宮殿底層的臺階開始，一級一級的，一直排列擺放到宮殿內小太子的座椅前。

　　最讓迪迪驚喜的，當然是皇帝送給他的紅風箏啦！這可不是一般的風箏哦，它是由全國最好的工匠們，一起設計出來的呢！那捲在竹輪上的線，特別強韌，可以將一條好長好長的紅顏色的龍，毫不費力的送上天空中飛舞遨遊。緊繃在風箏竹架上的金絲弦，在風中還會發出悅耳動聽的箏樂聲哩。當迪迪看到這個不同凡響的風箏時，立刻就愛上了它，一直抱在胸前不肯放手了。

　　皇帝微笑的望著興奮的小太子，憐

愛的問道：「皇兒，你知道為什麼我會送你這個禮物嗎？」迪迪還沒來得及回答，皇帝又接著說：「你瞧，這喜氣洋洋的紅色，是為了慶賀你的成長。龍，則代表了『權威』。而風箏呢，它可以在廣闊的天空中翱翔，並俯視著大地上的一切。這些，都象徵著我對你的期盼，希望將來你在治理國家的時候，也能夠像威武矯健的飛龍一樣，有君臨天下的氣派啊！」

迪迪叩謝了父皇這番語重心長的解說。但是，在那一刻，他幼小的心靈裡，是多麼希望有個玩伴兒，一起到外面去試試這個神氣的紅風箏，到底能飛多高？能飛多遠？他不自覺的蹙起了眉頭，輕聲的說：「可是……沒有人陪我放風箏玩兒呢……」

皇帝輕捋著鬍鬚，思考著該如何解決這個難題？小太子的老師——陸太傅，一直站立在旁，皇帝問他的意見，他沉思了一會兒，然後恭敬的回答：「老臣有一個侄兒，名叫陸平，今年十六歲。他原來是住在開封城內，十幾年前，他的父母先後去世，還好，有一位善心的和尚，把他帶到少林寺學武功去了。這孩子不但長得眉清目秀，又能文善武，老臣認為他是一個陪伴太子的理想人選。」

皇帝聽了以後，立即召陸平進宮，親自面試。陸平果然是一個聰明優秀的年輕人，很快就博得了皇帝的喜愛，而被留在皇宮內與太子作伴。迪迪非常高興能有個像大哥一樣的陸平，每天陪著他練文習武。更重要的是，從此就有人和他一起放風箏啦。

陸平可是一個玩風箏的高手呢，皇帝還特別賜給他一個老鷹形狀的褐色大風箏，讓他有機會一顯身手。每當他和迪迪在皇城四處，飛舞著長龍和老鷹的時候，

人們就會聽到歡樂的嬉笑聲。

有一天，皇帝在書房中讀書讀累了，抬起頭來望向窗外，想讓雙眼休息片刻。正好看見天空中有一條紅色的長龍獨自飄蕩著。咦，那個褐色的老鷹怎麼不在旁邊呢？皇帝很不放心，急忙來到庭院中，發現迪迪孤孤單單的站在那裡，無精打采的盯著風箏的長線。

「這是怎麼回事？」皇帝嚴厲的揚聲問道：「皇兒，陸平到哪裡去了？他應該時刻陪在你身邊的，現在怎麼不見他的人影呢？」

「噢，父皇，請別生氣！今天有一位少林寺的武術大師，特別來宮中教侍衛們一些新的拳法，是我特別准許陸平去上課的。」迪迪雖然這麼說，眼中還是流露出寂寞的神情。但他深怕父皇責備陸平，又急急的說：「陸平真好，他好像什麼都懂！他教我許多放風箏的妙訣呢！」接著，迪迪的聲音忽然變得好小：「但是，當他不在我身邊的時候，既使是短短的一刻，我都會覺得好孤獨啊。我身邊的那些侍衛和宮女們只會討好我，我說東就東，說西就西，個個都像木頭人似的，真沒趣！除了陸平，我好像就沒有其他的朋友了……」

其實，皇帝十分瞭解迪迪寂寞的心情。雖然迪迪在宮裡過著榮華富貴、養尊處優的舒服日子，但對一個活潑好動的孩子來說，宮中嚴格的規矩和繁多的禮節，的確令人感到沉悶乏味。

皇帝想要讓迪迪高興，就對他說：「等一會兒，你和陸平一起來我的書房，我要給你們看一件稀奇的好東西。」

「稀奇的好東西？」迪迪烏溜溜的眼睛裡閃爍著光芒，心情一下子就豁然開

朗了。他把手裡的風箏線放得又長又遠，忽然，他覺得自己就像那條紅色龍一樣，在無邊無際的天空中快樂的遊來遊去。

終於等到陸平下課回來了！迪迪迫不及待的拉著他一起奔向書房。皇帝已經坐在書桌前等待他們了，桌上端正的擺著一個長方形的漆木盒。「過來，過來……看看我珍藏的寶貝吧。這真是中國歷史上一件了不起的藝術傑作啊！你們看，這幅名叫『清明上河圖』的畫，畫的是在清明時節，我們開封城裡和城外的各種景色。」皇帝命令書僮小心的從木盒中取出一個圖畫捲軸，一邊慢慢的在他們面前展開。

迪迪的眼睛睜得又圓又大。哇！他從來沒有看過這麼多形形色色的人，在做著各種各樣的事兒哩。畫裡的小人們，有的在走路、有的坐轎子、有的騎著驢、有的在說笑、有的在爭吵，大家都在忙些什麼哪？街道上真熱鬧，好多張燈結綵的商店，有的還掛著紅紅綠綠的旗幟，它們都在賣些什麼呢？再看那邊的駱駝隊、

馬車隊、牛車隊……載滿著人和貨物，他們又要往哪裡去？河上還有像彩虹一樣的大木橋，高高低低的船隻，來來回回的航行著……遠處郊外有一片片的農田、樹林和青草地。嗯……如果能在那裡放風箏玩兒，讓大家看看紅色龍的威風，該多好啊！

　　這幅長長的畫卷，好像一個永遠說不完的故事！迪迪恨不得能夠跳進畫裡，仔細去瞧瞧這些新鮮有趣的景象。他忍不住噗通一聲的跪在皇帝的面前，用真誠的口吻要求著：「父皇，我成天呆在宮中，讀古聖賢書，學習治國平天下的大道理。但是，『國家』和『天下』，究竟是個什麼樣子，我卻一點也不清楚啊。父皇，請您給我一次機會，到外面去看看畫裡的那些地方，和一般老百姓的生活，我想我一定可以學到很多書本裡學不到的東西！」

　　陸平也急忙跟著向前跪下，恭敬的說：「懇請皇上准許太子出宮，陸平發誓將時時刻刻照顧太子，並以自己的生命來保證太子的安全。」

　　皇帝望著小太子渴望應許的小臉蛋兒，不禁回憶起自己小的時候，曾經多麼嚮往皇宮外面的世界啊！這不正和眼前的迪迪一樣嗎？皇帝默默的想，將來總有那麼一天，迪迪得繼承皇位來治理天下。如果想要他成為一個能為人民謀福利的好皇帝，的確得讓他先瞭解老百姓真實的生活才行啊。如今迪迪已經到了懂事的年齡，也許，是應該開始教導他對國家和人民有所認識了。但是迪迪秉性仁厚善良，平日在宮中又受到萬般呵護，現在貿然讓他出宮，萬一……

　　皇帝望著聰慧敏捷的陸平，心中想著：「嗯，聽陸太傅說這個陸平啊，對開封城一帶非常熟悉，又有絕對的忠誠、勇氣，和高超的拳術。若讓他陪伴小太子出

宮，應該是可以放心的。另外嘛⋯⋯」皇帝認真的考慮著，心中開始構思起周詳的計劃。

終於，皇帝開口了。「好！我准許你們去開封城遊玩兩天，第三天早上，就要回宮。為了安全起見，千萬不可暴露出迪兒是皇太子的身分，這一點非常重要，你們倆都要牢牢的記住，知道嗎？」

迪迪高興的跳了起來，陸平急忙說：「太子，請等等，皇上還有別的吩咐呢！」

皇帝對迪迪說：「你對陸平，要像對親哥哥一樣的尊敬，記住，凡事都要聽他的話。在路上，你就改口稱他為『平哥』吧。」皇帝又轉向陸平：「我相信你會愛護和照顧迪迪的。出了這個宮門之後，你就把他當作是自己的親弟弟一樣看待，不必拘禮。免得引起別人的注意。」

這時，宮裡的侍從捧來一個玉盤。皇帝從中揀出一串圓形有孔的銅錢，交給迪迪，並說：「這是你的零花錢，可以在街上買些小玩意兒。」迪迪拿著叮咚作響的銅錢，心裡也跟著怦怦的跳動著，他還從來沒有用過銅錢，也從來沒有機會買東西呢！皇帝再從玉盤中取出幾枚銀錠，交給陸平做為路上花費。

迪迪仰頭問：「父皇，明天一大早我們就可以動身了嗎？」皇帝慈愛的答應：「好吧！今天得早些休息。路上要小心，多觀察、多學習，我等著你們回來，聽聽你們一路的見聞。」

迪迪太高興了，整夜在床上翻來覆去的睡不著。好不容易等到清晨，月亮還沒有完全回去呢，他就跳下床，穿上侍從為他準備的老百姓的衣服和便鞋。迪迪覺得這身打扮很滑稽，但又覺得很舒服，不像宮廷中的衣服那麼複雜拘束。侍從

為迪迪和陸平準備好兩個布袋，裡面已經裝妥了需要的東西，讓他們揹在肩上。

迪迪忽然想起一件重要的事：「陸平，不要忘記帶著我們的風箏！」

「放心吧！我早就把太子的紅龍和我的老鷹放入袋子裡了。」陸平愉快的回答。

迪迪和陸平穿過長廊庭院和重重的守衛，快步向皇宮的大門走去。天才濛濛亮，周圍靜悄悄的，大家都還在睡覺哩。守門的衛士非常警覺的察看四方，但當迪迪和陸平走到門口時，衛士們卻一言不發，迅速的打開宮門，原來皇帝早已下令讓兩個孩子通行，不得阻擾。

一跨出宮門，他們就把宮廷中種種的禮數和約束拋到腦後，像兩個天真快樂的普通孩子，又笑又跳的一路跑去。一個充滿了驚奇和意外的旅程正在等著他們呢！

第二章

迷失童子和鸚鵡　船夫相助尋家人

迪迪深深的吸了一口清新的空氣。身邊沒有侍從看守著，迪迪覺得自己簡直就像天上的鳥兒一樣的自由自在。

太陽慢慢升起了，他們來到一大片青綠的草地。迪迪興奮的呼喊：「陸平，噢，不……平哥，我們先在這裡放風箏玩一會兒，好嗎？」

陸平將手指輕輕放在唇上：「噓，小聲點兒，我好像聽到有人在哭呢！」

他們朝著唏唏嗦嗦的聲音走過去，果然看見一個小小的、蜷曲的身影，正坐在小樹叢後的一塊大石頭上，用兩手揉著眼睛嚶嚶哭泣著。迪迪和陸平再走近些，才看出來那是一個小男孩，他捲捲的頭髮上戴了一頂小藍帽，左邊肩膀上還站著一隻漂亮的黃鳥。黃鳥看見有人走過來，吱吱喳喳的叫著想引人注意。

迪迪對陸平說：「你快過去瞧瞧，那小孩哭什麼？」

陸平走到小男孩面前，輕聲的說：「別哭，別哭！快告訴我，你怎麼啦？」

男孩抬起他那滿是眼淚和鼻涕的小臉，一邊抽泣，一邊斷續的說：「我……我找不到爸爸的篷車了……我好害怕啊……怎麼辦？嗚……嗚……」

「什麼篷車？」陸平急得抓了抓頭，接著問：「你從哪兒來？要到哪兒去？再多說一些，我才能想辦法幫你！」

小男孩哭著說：「我們原來住在洛陽城，爸爸說要帶我們一家人搬去一個更大的城市，好像叫做——對了，叫做開封。剛才天還沒亮呢，篷車裡的家人都還在睡覺，我的鳥卻啾啾的把我叫醒了。然後……牠……牠就飛到車外的樹林裡去了，我急忙跳下車去追趕，等我把牠捉回來時，爸爸的篷車就不見啦……嗚……嗚……」

迪迪從來沒有見過別人在他面前哭泣，他雖然想幫忙，卻覺得不知所措，這可是從來沒有過的事情！情急之下，他脫口命令道：「不要再哭了，聽見沒有？」

小男孩一聽，頓時嚇住了，哭泣聲哽在喉嚨裡，不敢發出來，眼淚卻忍不住又開始撲簌簌的落下來。

善良的迪迪看到小男孩這副模樣，馬上知道自己嚇到他了，趕緊放柔語氣說：「不要哭喔！陸平，噢不，平哥很聰明，又有主意，他一定會幫你找到爸爸的。」

小男孩抬起頭來看著迪迪，慢慢停止了眼淚。黃鳥也乖乖的不叫了。迪迪注意到這隻鳥顯得特別有精神，牠有一個高高的頭冠，一身鮮黃的羽毛，一個彎鉤形的鳥喙，和一雙強壯有力的爪子。

「咦，這是什麼鳥啊？真神氣！」迪迪好奇的問。

小男孩一聽到有人讚美他的寶貝寵物，馬上露出天真的笑容，回答道：「牠是一隻會說話的鸚鵡，也是天下最有趣的鳥，牠的名字叫做『圖吉』（Tuki）。」他輕輕撫摸著圖吉的羽毛，又說：「我的爸爸是一位醫生，他醫好一個從很遠很遠地

方來賣香料的人，這隻鳥就是那香料叔叔送給我的禮物。」

　　圖吉昂起頭來，用清脆的聲音重複說著：「圖吉，圖吉⋯⋯」

　　「哎呀！太有意思了，牠真的會說話！」迪迪高興的拍起手來，對著小男孩說：「你說牠叫『圖吉』嗎？這名字聽起來可真滑稽啊！」

　　小男孩解釋說：「對啊，『圖吉』是希伯來語呢！那是『鸚鵡』的意思。」

　　迪迪仰頭問陸平：「什麼是希伯來語？」

　　小男孩搶著回答：「那是我的祖先——猶太人的語言，現在我們在家裡還用希伯來語讀經祈禱。但我也會說中國話，因為我是在洛陽城出生的。」

　　迪迪又仰起頭望著陸平，有些不好意思的問：「呃⋯⋯什麼是猶太人啊？」

　　陸平想了想，「我曾經在開封城裡，看見過一些外國人，大家都叫他們——『回回』。其中有些戴著藍色的小帽，我們管他們叫藍帽回回，聽說他們就是信奉猶太教的猶太人。」陸平又問小男孩：「我也看過戴白色小帽的外國人，就是白帽回回，他們也是猶太人嗎？」

　　小男孩說：「爸爸說過戴白帽子的，是信回教的人，他們不是猶太人。」

　　講到這裡，小男孩已經不哭了。他抬起手臂，用袖子使勁兒擦了擦哭髒了的臉龐。迪迪這才看清楚小男孩的臉。咦，奇怪，為什麼他的頭髮這麼捲？眼睛這麼大？鼻子又這麼高呢？他長得一點兒也不像平常的中國人啊！

　　這時，太陽已經升起，天完全亮了，樹葉被微風吹動輕輕搖擺著。迪迪想起了他的風箏！他問那小男孩：「我讓你看看我的紅龍風箏吧！走，我們去草地上玩一會兒。」

「玩風箏？好啊，我也常和我哥哥去放風箏玩兒的。」小男孩似乎已經忘記了找不到家人的這回事兒啦！「不過，」他有些猶豫的說：「我沒有風箏，怎麼跟你玩兒啊？我可以用你的嗎？」

不等迪迪回答，陸平立刻從背包裡取出他的老鷹，遞給了小男孩：「喏，你可以用這個……噢，對了，我的名字叫陸平，你就叫我『平哥』好了。」他指了指迪迪，「他是我的表弟──迪迪。你呢？叫什麼名字？幾歲啦？」

「我叫莫莫！今年十歲。」莫莫驚喜的睜大了又圓又亮的眼睛：「我真的可以玩你的風箏嗎？喔，我一直都想要一個大老鷹風箏呢！謝謝你，謝謝你！」莫莫過來拉起迪迪的手，興奮的笑著說：「迪迪，我們走吧！」

迪迪貴為皇太子，除了父皇母后以外，哪有人斗膽敢拉他的手？但他想起了父皇的告誡，千萬不能擺出皇太子的架子。何況莫莫是那麼熱情，又那麼友善！迪迪心想：「陸太傅曾經說過朋友之間應該是平等相待的，沒有尊卑之分。我終於找到一個可以做我『朋友』的人了！」他握著莫莫的手，一起奔向大草地。

迪迪問莫莫：「你肩上的圖吉會不會又飛掉了啊？」莫莫說：「不會啦，牠的翅膀被我哥哥修剪過，飛不了太遠的。萬一飛走了，我還是可以去把牠追回來。」

草地上已經有好多孩子在放風箏了，天空中有黑色的蜈蚣、綠色的蜻蜓、黃色的老虎、灰色的烏龜、黑白相間的飛燕……，好像一個五顏六色的動物園。

迪迪從來沒有見過這樣熱鬧的場面，他興奮的喊著：「嗨，莫莫，你瞧我的紅龍有多厲害，你的老鷹絕對飛不了那麼高！」

莫莫不服氣的說：「那可不一定，我們來比一比！如果我贏了，你得要讓我玩

玩你的紅龍噢！」

不一會兒，長長的紅色龍和展翅的大老鷹，都在天空中飛舞了。紅色龍飛得好高好高，每一個漂亮的旋轉都會發出動聽的樂聲。所有的孩子們都仰起頭來，望著那條威風凜凜的飛龍……迪迪得意極了！

飛龍和老鷹互相追逐著，一會兒高、一會兒低、一會兒東、一會兒西……忽然，兩條線糾纏在一起，迪迪的風箏線是那麼的強而有力，一下子就把莫莫的線給割斷了，褐色的老鷹從半空中落了下來。

莫莫急得大叫：「平哥！平哥！你的老鷹掉下來了，快要看不見了！怎麼辦啊？」

陸平安慰著莫莫：「別擔心，斷了線的風箏就像修剪過羽毛的鳥，也飛不遠的，我們去追它吧！」

老鷹風箏掉落在河邊一個堆滿了大白菜的貨船上。老船夫正在船邊裝貨呢，忽然來了一個大風箏，倒栽蔥似的插入白菜堆中，可把他嚇了一大跳！老船夫身邊有個小女孩，她翻了一個筋斗，跳上了菜堆，一把抓住風箏，又一躍而下把風箏遞給了老船夫。兩人看著那三個氣喘吁吁的男孩子由遠而近的跑了過來。

「嘿，真有趣兒，那個子最小，鼻子卻最高的小男孩肩膀上還站著一隻大黃鳥哩！」老船夫心裡想著，眼睛看著那高個兒的青年一邊喘著氣，一邊連連鞠躬道歉：「船爺爺，對不起，我們的風箏掉到您的船上了，希望沒有碰壞了您的東西。」

老船夫仔細的打量著這三個孩子。他那張曬得黝黑又佈滿皺紋的臉上，展開了一個慈祥的笑容，他對陸平說：「不礙事的，別擔心！你們是從外地來的嗎？」

陸平回答道：「我是開封城裡人。」他指了指迪迪，又說：「這是我住在遠方

的表弟——迪迪，他從沒來過開封，我想帶他進城逛逛。今早我們在路上遇見莫莫，喏，您看，就是那戴著小藍帽的男孩，他說他是猶太人，從洛陽城來的，剛才在路上和他的家人走散了。對了，船爺爺，您有沒有看見從外地來的篷車，打這兒經過？」

老船夫搖搖頭說：「沒注意。不過，我正好要送這些大白菜到虹橋後面的餐館裡，如果你們幫我把堆在岸上的大白菜都裝上船，就可以和我一起去送貨。虹橋那裡人很多，咱們到那裡再去打聽打聽。」

迪迪根本沒聽清楚老船夫說了什麼，因為他的目光完全被那個梳了兩條小辮子，紮著紅頭繩的小女孩給吸引過去了。「這女孩為什麼和宮中那些穿金戴銀的宮女們都不一樣？她光滑的臉上並沒有抹胭脂啊，但卻像她身上穿的紅布襖一樣紅冬冬的，真好看！」迪迪心裡想著。

老船夫看在眼裡，就指了指那個女孩說：「她的名字叫妹妹，是我的孫女兒。」大家一起望了過去，倒把妹妹看得有些不好意思了。妹妹露出一絲嬌羞的笑容，兩個又深又圓的酒窩飛上了她的兩頰。

莫莫搖了搖迪迪的手臂，說道：「一塊兒去搬白菜吧，船爺爺說搬完後，就讓我們坐他的船去虹橋那邊找我爸爸呢！」聽到要坐船，迪迪高興極了，立刻就和莫莫幫著陸平把所有的白菜全給搬上了船。妹妹一面低聲哼著小曲，一

面將船上的白菜一捆一捆的用麻繩綁好,她靈活的小手幹起活兒來,又快又有勁兒。

鸚鵡圖吉一直乖乖的站在莫莫的肩膀上,老船夫遞了一片新鮮的菜葉子給莫莫,要他餵鳥,莫莫卻又把菜葉傳到迪迪手中,說:「來,你來餵餵牠,牠就會把你當作朋友,跟你玩兒啦。」

等到陸平和妹妹把船上所有的白菜都綁好固定後,老船夫就開始划槳出發了。就在這時,傳來了一陣悠揚的笛聲,陸平警覺的向四處張望,看見一個光腳的牧童,正斜靠在岸邊一棵大柳樹下,吹著笛子。當那個牧童發現有人在盯著他瞧時,他竟像一隻動作迅速的小鹿,一溜煙的跑開了。

老船夫用力的搖著船槳,豆大的汗珠沿著前額滴落下來。陸平看見了,立刻要求老船夫休息休息,由他來划槳。迪迪和莫莫本來乖乖的坐在白菜堆上,但是,只一會兒功夫就坐不住了,他們開始頑皮的繞著菜堆跑來跑去,推推擠擠的和妹妹玩起捉迷藏的遊戲了。聽著嘻嘻哈哈的聲音,陸平的臉上露出了微笑,這是他第一次聽到小太子笑得這麼開心呢!

忽然間,「碰」的一聲巨響,小船就像快要翻了似的,被震得搖晃不止,哎呀!到底發生了什麼事啊?

第三章

螃蟹船橫行霸道　妹妹勇救哥兒倆

被震倒在船板上的迪迪和莫莫，驚慌的爬起來：「怎麼啦？怎麼啦？」

原來有一條運貨的大船，想要越過老船夫的小船，但速度慢了點兒，「碰」的一聲，兩條船就撞上了！大船的船頭和船尾，各有八個人在搖槳，這會兒他們都指著小船破口大罵，有幾個還攢起拳頭，好像是想要打架。明明是大船的錯，為什麼還這麼兇巴巴的，真不講理。

迪迪吃驚的望著眼前的這一幕，他從來沒有聽過那麼多粗魯的字眼兒，也沒見過那麼多猙獰的臉孔！他想起在皇宮內美麗的湖上遊船時，聽到的只有悠揚悅耳的歌聲、笑聲和奏樂聲……

陸平擔心迪迪和莫莫的安全，急忙大聲的對他倆喊道：「快坐下來！別出聲！」

大船上那些兇惡的傢伙還在叫罵！其中一個靠在船邊滿臉橫肉的大塊頭，還伸出一支長棍，想要打掉老船夫手中的槳。老船夫的雙手緊緊握著槳柄，但為了躲避這突如其來的襲擊，小船一下子失去了重心，快速的往一邊傾斜下去，竟把迪迪和莫莫給拋出船外，兩人「撲通」「撲通」的都掉進了河裡。就在那麼一眨眼的功夫裡，陸平和妹妹已經同時跳入水中，一前一後的拉起了不會游泳的迪迪和莫莫，並用力的把他倆拖上了小船。大船上的那些人看到有人落水，不但不幫著救人，反而快快的搖著槳逃走了。可憐的圖吉嚇得發抖，牠的兩個小爪子緊緊扣

住船的邊緣，看到莫莫回到船上，立刻就飛到莫莫的肩上，用小小的腦袋兒不斷的摩擦著小主人的臉頰。

驚魂甫定，兩個從頭到腳都還在滴水的孩子就互相取笑了起來。

「哈哈，你好像是個落湯雞，落湯雞！」

迪迪並不知道「落湯雞」該是個什麼模樣，但也樂呵呵的指著莫莫說：「哈！你才像，你才像呢！」

他倆看著對方溼漉漉的滑稽相，越發嘻嘻哈哈的笑個不停。

陸平和妹妹也渾身溼透了。老船夫遞過來幾條乾毛巾，說著：「來，來，你們都要好好的擦一擦，別著了涼。」

妹妹怕爺爺擔心，甩了甩辮子上的水珠，連聲說：「河水不冷，沒事兒，沒事兒。」

「妹妹，妳真勇敢！」迪迪發出由衷的讚嘆。

「對啊，妳是個女英雄！」莫莫加上一句。

迪迪和莫莫轉過身來，同時對陸平說：「平哥，謝謝你救了我們，你真了不起！」

陸平正在使勁兒的用毛巾擦拭著不

知是河水還是自己冒出的冷汗，心中好生奇怪，剛才在水中，好像還有另外一雙手在幫他托起迪迪，那是一種幻覺嗎？還是有神明相助？好在小太子現在平安無事了，謝天謝地，陸平不禁大大的鬆了一口氣！

圖吉的兩爪牢牢的抓住莫莫的肩膀，牠伸長了頸子，喉嚨裡不斷的發出"Shalom! Shalom!"的聲音。

迪迪問莫莫：「你的鳥在說什麼？」

「圖吉說好啦，沒事啦！"Shalom"就是希伯來語『和平』的意思。」

老船夫拍了拍胸口：「說得好！說得好！……幸好這小船沒被撞毀……那些可惡的流氓，就像他們的螃蟹船一樣，橫行霸道！」

「螃──蟹──船？」迪迪不解的問道。

老船夫指向那遠去的大船，耐心的解釋：「你們看，那船頭和船尾各有一支大槳，通常一支在划，另一支就休息，這樣輪流划著讓船前進，是不是像螃蟹用雙螯，一前一後的橫著爬行呢？」

老船夫望著三個純真善良的面孔，嘆了一口氣，憂心忡忡的叮嚀道：「開封，是個大城市，那兒有各種各樣的人。孩子，你們千萬得小心啊！可別碰到壞人，惹上麻煩哪！」

陸平點了點頭，認真的搖著槳。迪迪和莫莫坐在白菜堆上，靜靜的向四周巡望。妹妹又哼起了小曲。

迪迪覺得那真是天下最動聽的歌聲了，他問妹妹：「妳唱的歌是什麼？」

妹妹的小臉蛋兒又紅了起來，「我瞎編的，唱著好玩兒，你真的要聽嗎？」

三個男孩子一起用力的點著頭。妹妹爽快的張開嘴開始唱了：

　　燦爛的太陽　　燦爛的太陽
　　你帶來溫暖　　你帶來光亮
　　歡迎你照進我和爺爺的家
　　我們家有溫暖　　我們家有光亮
　　因為
　　我愛爺爺　　爺爺也愛我

在妹妹甜美的歌聲中，小船一直往開封城的方向行去。

第四章

橫臥汴河大彩虹　船過橋頭險重重

　　河道上的船隻越來越多了，有的載滿了人，有的載滿了雞鴨或豬羊等牲口，有的裝滿了各種糧食蔬果，還有的裝滿了長長的竹條和大塊的木材呢！

　　忽然間，莫莫發出興奮的叫喊：「看哪！看到橋了！」他指著不遠的正前方，有一座彎曲的木橋。迪迪覺得好眼熟啊，他想了想——那不正是父皇的卷軸畫——「清明上河圖」裡的那座大橋嗎？

　　陸平露出驕傲的笑容：「噢，那就是我們開封人最得意的大虹橋嘛！你們看，它是不是很像橫跨過大河的一道彩虹？」

　　妹妹的酒窩又飛上兩頰，她笑著說：「這橋最神奇了，橋下面連一根支撐的柱子都沒有，真想不出它是怎麼建造出來的！」

　　老船夫很得意的接著說：「咱們走的這條河啊，叫做『汴河』，也有人管它叫『上河』。這條河可重要了，它流過開封城的外圍，城裡的貨物糧食，全都得靠這條河給運了去呢。這河上嘛，一共有十三座橋，從這兒數過去，前面那座『虹橋』是第一座，瞧！它多氣派！」說著，說著，老船夫和陸平的船槳都慢了下來，周圍吵吵鬧鬧的，船也越聚越多，擠得都動不了啦！

　　「咦，這是怎麼回事兒？」老船夫和妹妹一起站起身來，三個男孩也跟著走到船頭伸頸張望。

　　水流湍急的虹橋下面，正有一艘大船要穿橋而過，眼看船身就要撞到橋了，而船上的桅杆還沒來得及放下呢！水手們都急壞了，有的高舉竹竿頂住橋洞的底部，有的想用長槳撥正船頭、穩住船身，有的慌忙去降下已經傾斜的桅杆，有的大聲吼叫警告旁邊的船快躲開，吆喝聲中是一片緊張混亂。橋上看熱鬧的人們，也指手劃腳的叫喊著，幫忙出主意。陸平驚訝的發現，橋上有個光腳牧童，正拋出一條粗大的繩索給大船上的水手……這是同一個人嗎？那個在柳樹下吹笛子的牧童？

　　「哎喲！這些年輕的小夥子啊，可真不小心！做水手的怎能不看那風向鳥來行船呢？」老船夫用手指著虹橋的四個角邊，各豎有一根高竿，每個竿頂都有一隻大鳥。

　　莫莫拉了拉老船夫的衣角，仰首問道：「船爺爺，那是真的、會飛的鳥嗎？」老船夫呵呵一笑：「傻孩子，你再仔細瞧瞧，那只是用羽毛紮成的風向鳥。」站在莫莫肩上的圖吉歪著頭，尖尖的鳥嘴裡重複著：「風向鳥、風向鳥……」

　　老船夫又說：「風向鳥隨風轉，船上的人只要看鳥頭的方向，就知道風往哪邊吹，要見風轉舵才對呀！」

　　陸平恍然大悟的拍了拍額頭：「噢，看出來了！現在吹的是西南風，怪不得把大船吹往東岸的橋壁上了，那大船上的水手早就應該注意到風向，才不會碰壁啊！」老船夫點點頭：「你說對了。」

　　還好，就在大船快撞上橋壁的一剎那，敏捷的水手們及時放下了桅杆，撥正了船頭，讓大船有驚無險的安然渡過橋洞，所有的人都鬆了一口氣，高興的歡呼

了起來。

　　對迪迪來說，眼前發生的這一切，都是在皇宮裡見不著的，真是太新鮮、太刺激了！他實在有太多不解的疑問，但又有些矜持的不好意思開口。他默默牢記住所有看到的事物和聽到的言談，這樣一來，以後就可以重溫這趟旅程中的所見所聞了。比如說，等他回宮後，他也要在庭院裡，豎起風向鳥的高竿，那麼在他放風箏時，就可以預先知道風箏會往哪邊兒飛啦！

　　他們的船跟在大船之後穿過了橋洞，然後在岸邊停靠下來。老船夫說：「這橋面可寬著哪——，可以走人走馬走車，橋上還有擺地攤的，賣各式各樣玩意兒的……」迪迪和莫莫抬起頭，望見橋上熙熙攘攘的人群，恨不得立刻跑上橋去玩兒。

　　老船夫又說：「孩子們，這都過了午飯時間了，你們一定餓壞了吧？等我把大白菜卸下船，送去岸邊的那幾家飯店後，就可以帶你們去吃飯了，順便也可以打聽一下莫莫家人的去向。放心吧！那虹橋沒長翅膀，飛不掉的，等咱們辦完了正事，你們再去玩兒！」

　　陸平要迪迪和莫莫坐在岸旁等候，但迪迪看見陸平和老船夫忙得滿頭大汗，甚至連妹妹也不停的跑上跑下的幫著卸貨。迪迪實在坐不住了，他對莫莫說：「我們也去幫幫忙吧。」

　　五個人同心協力，很快就做完了工作，老船夫帶他們到一個柳蔭下的涼棚內，那裡有很多長木桌和長條凳，和許多吃得津津有味的客人們。

　　陸平用力擦了擦長條凳，才讓迪迪坐下。迪迪有些不自然，這硬邦邦的凳子

上還有許多油漬呢！他想起他在宮中的座椅，有漂亮的雕刻，還有柔軟的椅墊⋯⋯

　　店小二匆匆走向前來招呼，他的身上穿著一條綴滿補丁的破圍裙：「喲——，船爺爺，很久沒來了，今兒個想吃點兒什麼？」

　　老船夫說：「就來點兒你們最有名的豬肉湯麵和周婆婆肉餅吧！」

　　莫莫猶豫的說：「我只想吃一碗白菜湯麵，好嗎？」

　　老船夫憐愛的問：「咦，你為什麼不吃些肉？剛才你替我幹了那麼多活兒，得吃些肉補補，你們別擔心付帳的事兒，今天我請客！」

　　莫莫搖搖頭說：「猶太人是不准吃豬肉的。」提起猶太人，他又想起了爸爸和媽媽。他黯然的低下了頭。

　　慈祥的老船夫趕緊安慰莫莫：「別難過了，我們一定會找到你的家人的。」

　　莫莫看了大家一眼，感激的說：「你們都對我這麼好，和你們在一起真開心。但是爸爸找不到我，大概要急瘋了！而媽媽現在也一定擔心得哭了⋯⋯」

　　不一會兒，店小二捧來了香噴噴、熱騰騰的大碗麵。莫莫實在太餓了，也跟著大家一起呼嚕呼嚕的吃起他的白菜湯麵了。

　　迪迪一邊吃麵，一邊好奇的問：「莫莫，你的名字有什麼特別的意義嗎？」

　　莫莫答道：「有的。我來講一個爸爸經常說的故事給你們聽，好嗎？好幾千年前，我們的祖先猶太人，曾經是埃及王國的奴隸，他們受盡了可惡的

埃及法老王的欺辱。那時候，在猶太人裡面，有一個名叫摩西的人，帶領了所有的猶太奴隸，千辛萬苦的逃出了埃及。他們在炎熱的沙漠裡流浪，又熱又累，大概就像剛才我們在卸白菜時，那種又熱又累的感覺吧？他們整整流浪了四十年，才到達了一塊可以居住下來的土地。後來的猶太人一直感激摩西帶領祖先們脫離苦難，所以大家都尊敬他，崇拜他。我的父親給我取名『摩西』，也就是紀念祖先的意思。『莫莫』其實是我的小名。」

迪迪說：「噢，原來如此。猶太人和我們中國人一樣，都是敬重祖先的。我們在每年春天的時候，有個特別的節日——『清明節』。那一天，大家都要去為祖先上墳掃墓。你們也有類似這樣的節日嗎？」

「有啊！」莫莫答道：「也是在每年的春天裡，我們有一連好幾天的『逾越節』活動，那就是為紀念祖先逃出埃及，脫離苦難，重獲新生的節日啊！」

迪迪接著問：「那麼，猶太人的『逾越節』又有些什麼特別的習俗呢？」

莫莫回答：「第一天的晚上，全家人都圍坐在一起，享用一頓正式的晚餐。晚餐後，由家中年紀最小的孩子，向爸爸發問：『為什麼今天晚上很特別，和所有別的晚上都不一樣呢？』爸爸就要照例詳細的述說一遍祖先摩西『出埃及記』的故事。我是家中最年幼的孩子，所以每年都是由我來發問。等爸爸的故事一說完，大家就可以自由自在的談論有關摩西的故事，也可以輕輕鬆鬆的唱些節日歌曲來助興了。」

老船夫一邊認真的聽，一邊抓了一把米飯餵圖吉。他說：「呃，莫莫，等會兒吃完飯，我帶你們去一家我熟悉的旅店，那裡的掌櫃，是我的拜把兄弟，他啊，

每天看著開封城內人來人往，消息最靈通了。他絕對會幫咱們找到你的爸爸！」

　　莫莫滿懷感激的說：「謝謝，謝謝！」圖吉也伸長了頸子，望著老船夫，跟著連連發出「謝謝，謝謝！」的聲音。

　　迪迪問：「希伯來語中，『謝謝』該怎麼說？」莫莫愉快的回答：「"Toda"。」圖吉立刻像表演似的 "Toda, Toda..." 叫個不停。老船夫做了一個滑稽的表情：「什麼？頭大、頭大？」惹得大家都哈哈大笑。

　　笑聲中，只有陸平一個人，注意到一陣微弱的笛聲，在背後響起。

第五章

天下第一蟀稱雄　沙場大將軍敗走

　　吃過飯，老船夫牽著迪迪和莫莫，陸平跟隨在後，他們沿著河邊來到一家旅店。店門前豎立著一個長形的燈箱招牌，上面寫著「清風客店」四個大字。迪迪抬起頭，看見屋頂上高掛著好多五顏六色的旌旗，陸平說那些都是賣酒的廣告。店門外顯得很繁忙，有剛住進店的客人，正拿著水桶餵他那匹又累又渴的馬。也有正要離店的客人，在匆匆忙忙的裝車上路。街上有許多人在走動，還有一位坐在地上，給人算命的瞎眼公公在喃喃自語。

　　當迪迪一行人經過時，瞎眼公公忽然大喊了起來：「不得了，了不得哇！有貴人，有貴人在此哪！」

　　那叫聲引起好多路人停下來張望，圖吉也跟著喊：「貴人，有貴人……」，陸平卻急急忙忙的把迪迪推進旅店內。老船夫默不作聲的，將一切都看在眼裡。莫莫一邊拍拍肩上的圖吉，一邊走進店裡，心裡困惑的想：「什麼是貴人？迪迪是貴人嗎？」

　　旅店的夥計告訴老船夫，掌櫃的出門買貨去了，要到第二天清晨才能回來。老船夫不放心的對陸平說：「依我看——你們今晚就先在這裡住一宵吧，等明早掌櫃的回來，他一定會幫你們的。我已經交代過那夥計，請他在後院找一個安靜的房間讓你們休息。我和妹妹明天還得要送貨幹活兒，沒法再陪你們了。陸平，我

看你是一個膽大心細，又聰明能幹的年輕人，你可要好好照顧迪迪和莫莫啊。」

陸平連連向老船夫鞠躬道謝，並對妹妹說：「船爺爺真有福氣，能有妳這樣聰明可愛，又有膽量的孫女兒。」

迪迪心想：不知道以後還能不能再和妹妹見面了？他很想上前去對妹妹說些道別的話，但心中卻咚咚咚的打起了小鼓，使他變得囁嚅不安。迪迪對自己說：「我到底怎麼了？這是從來沒有過的感覺啊！」

莫莫一手拉著老船夫的衣角，一手拉起妹妹的手，說著：「我雖然還沒有找到我的爸爸媽媽，但是我已經找到了一個爺爺和一個妹妹。」莫莫望了望妹妹，又說：「啊，不對，妳和迪迪一樣大，我應該稱妳為姐姐，而不是妹妹。」

妹妹笑了，說道：「我們在船上的時候，還真像是一家人呢。這樣吧，我再唱一個小曲為你們送別。」

老船夫讚許的點了點頭，妹妹的歌聲又響起來：

　　燦爛的太陽　燦爛的太陽
　　你帶來溫暖　你帶來光亮
　　歡迎你照進我們在船上的家
　　我們家有溫暖　我們家有光亮
　　因為
　　家裡有爺爺　還有你們仨

唱完歌，雖然依依不捨，老船夫還是帶著妹妹向三個男孩揮手道別了。

迪迪和莫莫忽然都變得悶悶不樂。迪迪思念著妹妹的笑容和歌聲，而莫莫想著要等到明天掌櫃的回來後才能去找爸爸，心裡很著急。陸平想讓他倆高興起來，趕緊說：「你們不是想去大虹橋上玩兒嗎？稍等一會兒，讓我先把房間安頓好，就帶你倆去橋上逛逛，好嗎？」圖吉拍了拍翅膀，偏著頭，模仿陸平說：「逛逛，逛逛……」逗得迪迪和莫莫又笑了起來。

在陸平的帶領下，兩個小男孩一蹦一跳的奔向虹橋。哇！這麼寬闊的橋面，怎麼還會這樣的擁擠？挑扁擔的不讓抬轎的，騎馬的要超越趕牛車的，走路的行人呢，有的一搖三擺的慢慢溜躂，有的卻互不相讓的爭先搶路。橋上兩旁，豎起花花綠綠的大遮陽傘，傘下擺滿了賣各式小玩意兒的地攤，和香噴噴讓人直吞口水的各種小吃攤。迪迪興奮的東看看，西瞧瞧，沒想到皇宮外面的世界是這麼的多彩多姿，老百姓的生活又是這麼的自由自在！

從橋中央走過來一位老爺

爺，他一手搖著咚咚作響的博浪鼓，另一手扶穩肩上的扁擔，後面跟隨著一群雀躍奔跑的孩子，他們大聲叫喊：「貨郎爺爺來了，貨郎爺爺來了！」

　　陸平告訴迪迪，「貨郎」就是走街串巷賣玩具的人。他拉著迪迪和莫莫迎上前去，很有禮貌的問：「貨郎爺爺，可以看看您有什麼玩具嗎？」貨郎停下來，把擔子放在地上，孩子們一窩蜂的圍了上來，爭著想看清楚貨郎爺爺帶了哪些好東西。用稻草稈紮成的貨籠裡，擺滿了各式各樣稀奇古怪的玩具，有紙龍、紙蛇、紙繡球、紙風車、轉圈陀螺、小木船、泥娃娃、布老虎、木刻面具、草編鳥兒、爬桿泥猴、大刀長劍、蟋蟀罐兒、絨毛兔子……讓孩子們全都看傻了眼吶。

　　陸平對迪迪和莫莫說：「你們一人只可以買一件玩具噢。」莫莫仔細挑選了一個小木船，抱在懷裡，準備回旅店後，和迪迪在水盆裡玩大船過橋的遊戲。迪迪從來沒有見過這些民間的玩具，他覺得樣樣都有趣！要是在宮裡，他早就下命令把所有的玩具，都給搬到自己的房間裡了。但是他想起父皇的吩咐──「在外面，一定要聽陸平的話」。剛才陸平不是說過，只能挑一件玩具嗎？哎，到底該選哪一件，這可多難決定啊！

　　迪迪想起在宮中的時候，常常看見宮女們玩轉陀螺。那陀螺是用象牙做成的小圓盤，中間插根鐵針。比賽的時候，先用手擰著針轉動後，再用衣袖不停的拂動轉盤，看誰能讓陀螺旋轉得最久，誰就贏。迪迪常想和人比一比，但宮裡的人都哄著他，總是故意讓他贏，迪迪覺得沒有真正的對手，好沒意思呀。因此，當迪迪看見擔子上插著一個五彩盤旋的木陀螺時，終於下了決心，把它取下來，準備回到旅店後，要和

莫莫大賽一場，看看自己究竟算不算是陀螺大王！

迪迪正轉身要走，陸平提醒他買東西得付錢。什麼？要付錢？噢，噢，迪迪想起父皇給他的那串銅錢，立刻從口袋中取出交給貨郎爺爺。貨郎爺爺連忙搖搖手說：「不需要那麼多，一枚銅板就夠了！」莫莫看到那一大串響噹噹的銅錢時，也嚇了一跳，因為平常他的零用錢就只有一枚銅板呢！

圍觀的孩子中，有三個衣衫不整，專愛惹是生非的壞孩子，他們也注意到迪迪的那串銅錢了。當陸平拉著迪迪和莫莫往前走時，三個壞孩子緊緊的尾隨著。

橋邊圍聚著一群群蹲在地上的人們，原來是賣蟋蟀和鬥蟋蟀的地攤啊！迪迪和莫莫都忍不住停下了腳步，上前觀看。陸平耐心的教他們，怎樣挑選勇猛好鬥的蟋蟀，並答應他們可以買一隻玩兒。迪迪看中了一隻大頭、長腿、尖尾，雄壯威武，又叫聲宏亮的蟋蟀，就掏出銅板付了錢。他和莫莫興奮的把玩著這個新的「玩具」，並且很得意的稱牠為「天下第一蟀」。

這時，那三個壞孩子圍上前來，其中一個個兒最高的，粗聲粗氣的挑釁著：「喂，『天下第一蟀』可不是隨便叫的啊，牠得先來和我的『沙場大將軍』比劃比劃，贏了才有資格叫『天下第一蟀』，如果輸了，就只能叫做『天下第一笨』啦！」說著，高個兒就從懷中取出他那隻叫聲響亮的「沙場大將軍」，又神氣活現的指使一個乾瘦，另一個肥壯的夥伴：「喂，芝麻、大餅，你倆傻站在那兒幹嘛？還不快去給我找個瓦罐兒來，讓這些沒見過世面的，領教領教咱們大將軍的威風！」

迪迪氣極了！心想：「乾脆亮出皇太子的底牌，把這三個惡形惡狀的少年抓起來，扔進監牢裡算了！」正要開口，卻看見陸平阻止的眼神。迪迪只有改口說：

「好啊，我們就來比劃比劃，如果你的蟋蟀鬥輸了，可得馬上改名叫『沙場大頭呆』！」

　　兩隻張牙舞爪的蟋蟀，在瓦罐裡互相廝殺，來來回回，拚鬥得難分難解，四周擠滿了吆喝助戰的人們。忽然間，「天下第一蟀」使盡了蠻力，一口咬住「沙場大將軍」的腿節，左右猛搖，竟把「沙場大將軍」的腿給撕咬下來了！高個兒的臉漲得通紅，他死命抓住迪迪的衣袖，大聲嚷著：「還我的大將軍！還我的大將軍！」陸平用力把高個兒拉開，並用身子保護著迪迪。陸平不想把事情鬧大，引起人們的注意，就胡亂抓了一把銅板遞給高個兒，息事寧人的說道：「好兄弟，拿這些錢再去買一隻蟋蟀吧。」

　　說完，陸平拉起迪迪和莫莫的手，衝出人群，快步往旅店的方向邁去。

　　他們走得那樣快，竟完全不知道背後有人鬼鬼祟祟的跟蹤著呢。

第六章

迢迢千里篷車隊　重建家園在他鄉

　　「清風客店」的房間，非常樸實整潔。厚木板床上鋪著簡單的草蓆，連枕頭都是用草編成的呢。迪迪想到宮中那張好大好大的黑漆木床，雖然有柔軟的絲被和珍貴的玉枕，但總感到空蕩蕩的，尤其是到了晚上，床前的繡簾放下來時，一個人睡在裡面好寂寞啊！而現在，和莫莫一塊兒擠在這張硬邦邦的木板床上，蓋著又厚又重的粗布棉被，迪迪不但不覺得難受，反而感到有好朋友作伴的溫暖和快樂呢。縮在莫莫枕邊的圖吉，把頭深深埋在翅膀裡睡著了，迪迪看見那滑稽的睡相，不禁笑出聲來。

　　躺在旁邊的莫莫，卻又想念起他的家人了，他輕聲的說：「每天晚上，我和哥哥上床後，媽媽總會在床邊陪我們一會兒，給我們說個故事。」

　　對迪迪來說，這倒是一件很新奇的事兒。由於皇宮裡種種禮節的規定，迪迪平常很少有機會和母后在一起。成天圍繞在他身邊的，除了忠心耿耿的陸平以外，就只有教他讀書的太傅、督導他宮廷習俗禮儀的大臣，和侍候他起居的侍衛和宮女們了。晚上睡覺時，雖然有許多侍衛在門外看守，還有許多宮女在床前照顧，但是……「如果母后能坐在床邊，講個故事陪伴我入睡，那該有多好啊！」迪迪心裡想著。

　　想著想著，迪迪忍不住坐起身來，問道：「莫莫，你可以講一個你媽媽說的故

事給我聽嗎？」

「媽媽講過好多好多的故事呢！」莫莫也坐了起來，甜蜜的回憶著：「讓我想想看……啊，有了，你聽過猶太人最早是怎麼來到開封城的嗎？在我們離開洛陽來開封前，媽媽常常講這個故事給我們聽呢。」

「太好了！」坐在床沿上的陸平，高興的拍了拍手，對莫莫說：「我正想知道這個故事呢。」

圖吉被陸平的拍手聲驚醒，慌裡慌張的跳上莫莫的肩頭。

「好吧，讓我試試……不過，我沒法像媽媽說的那樣好聽。」莫莫提高了聲音，激動的說：「我的媽媽是世界上最會說故事的人了！」

莫莫看到迪迪沒出聲，立刻道歉的說：「噢，對不起！迪迪，我想你的媽媽，一定也是世界上最會說故事的人吧！」

迪迪點了點頭，沒說話。

莫莫開始說了：「我的外祖父母，曾經住在一個離他們家鄉很遠的地方……」

「為什麼？」迪迪想不通為什麼有人要離開自己的家鄉。

「因為那時候猶太人的土地，被強大兇悍的外鄉人給強占了，猶太人被逐出自己的家園，流浪到世界各地。我的外祖父母和他們的親友，隨著一些其他的猶太人，一起去了一個很遠很遠的國家。在那裡，他們仍然不快樂，因為那個國家的人，不准他們保留祖先的習俗，而且在那裡的生活又很艱苦很貧窮。所以啊，有一些猶太人決定出門到各處去做買賣，希望賺些錢回來，讓自己的家人可以過上比較舒適的日子。他們去過好多的地方，甚至還來到了中國……」

「他們是怎麼來的呢？」迪迪好奇的問。

「我媽媽說，他們沿著沙漠裡一條長長的路，走啊走啊，就可以到達中國啦！媽媽說那條路很出名，叫做……噢，對了，好像叫做『通商之路』……」

「通商之路？」聽到這個熟悉的字眼兒，迪迪的兩眼亮了起來。他記得陸太傅曾經給他講解過，「通商之路」——是漢朝大將軍「張騫」，在出使西域後，打通了一條連接東方和西方的大道。中國人和外國人從此就靠著這條大道，來來去去的互相做起生意來了。

迪迪更加有興趣了，他立刻問道：「那些來過中國的猶太商人，有沒有提到過開封城啊？」

「當然有！」莫莫回答：「他們說開封是世界上最繁華最熱鬧的地方了。街上有各種各樣的店鋪，吃的、玩的、用的……什麼都有，好玩兒極了！連中國的皇帝也住在那兒耶，他的皇宮好氣派喲！」

迪迪用很細微的聲音說：「我知道。」

莫莫沒有注意，繼續說：「他們還說開封是世界上最美麗的城市，那兒街道的兩旁都種了綠油油的樹木，附近還有河流和大橋。最好的呀，就是開封城內的人們了，他們又熱情又友善，從來不欺侮外來的人。猶太商人常常從中國買了許多漂亮的絲綢帶回去。我媽媽說，她小時候，就看過大人們帶回去的中國絲綢，她喜歡把又輕又滑的絲綢放在臉頰上，感覺好柔軟、好舒服呢。她也常想，中國人能織出這麼漂亮的絲綢，他們一定是既聰明又細心的民族吧？」

莫莫停頓了一下：「你們說，我媽媽是不是很會說故事啊？」迪迪和陸平都用力的點頭贊同。

莫莫接著說：「雖然我的外祖父母不想再搬來搬去，但是他們居住的地方的人，對猶太人越來越兇狠殘酷。我的外祖父母和許多其他的猶太人，都忍耐不下去了，大家聚在一起，考慮了很久很久，最後終於決定組成一個篷車隊，一起遷往中國，希望在那個人人稱讚的土地上，能夠永遠過著和平快樂的日子。」

陸平又點了點頭說：「哎，那些猶太人帶著全家老小，去到那麼遙遠陌生的地方，可真有勇氣啊！」

莫莫咧開嘴，驕傲的笑了。他愉快的說：「我真高興我的外祖父當年決定搬來中國，所以我可以在這裡出生，在這裡快快樂樂的長大。中國人真的很友善，就像你們倆，還有那船爺爺和小姐姐……我呀，要一輩子都住在中國，絕不離開！」

安靜了很久的圖吉，這時也跟著說：「絕不離開！絕不離開！」迪迪和陸平聽了，哈哈哈的大笑了起來。

陸平說：「你的外祖父千里迢迢的來到中國，路上一定很辛苦吧？」

「是呀！」莫莫答道：「媽媽說過，那時候，雖然她只是個小姑娘，但她還記得一路上的艱苦和危險。他們的隊伍好長好長，有馬、有駱駝，還有一輛接著一輛，擠滿了大人、小孩和行李的篷車。有時候，經過荒涼的地方，還會有忽然跳出來搶劫的強盜，真可怕啊！篷車隊裡的人，都互相幫助，一起抵抗壞人。你們知道嗎？篷車隊裡，有會做各種事情的人，醫生、商人、木匠、教師、工人、織布的、修車的，……只要他們團結起來，就什麼都不怕了。他們中間，還有一位

很重要的人物，就是猶太教的教士（Rabbi）。」

迪迪打斷了莫莫的話，問道：「教士？他是做什麼的？」

「噢，對不起，我應該再說得清楚一點。」莫莫解釋著：「猶太教的教士，好像是一位仁慈的大家長。他對猶太教的歷史、傳統和習俗，都最熟悉不過了，他會根據宗教上的規定，告訴大家，什麼事該做，什麼事不該做。他也會教人讀猶太教的經文。媽媽說，猶太教的教士是一個最有智慧的人，任何人有問題時，都可以去找他解答，有困難時，也可以去找他幫忙。」

迪迪點點頭，表示聽懂了。

莫莫又回到他的故事上面：「在篷車隊來中國的路途中，那位教士和他的助手，一直都很小心的攜帶著猶太教的經文卷軸，那是他們最重要的行李了。」

「卷軸？」迪迪想起父皇給他看的那幅「清明上河圖」，他問莫莫：「那經文卷軸上有美麗的圖畫嗎？」

「噢，沒有。」莫莫回答：「猶太教的經文卷軸，只有用希伯來文寫的經句，不准許有任何圖畫在上面呢。」

莫莫停了一會兒，對迪迪和陸平說：「啊，你們看，圖吉在我的肩膀上又睡著了呢。是不是我說的故事太長啦？」

陸平很快的答道：「不，你講得很好，請繼續說。」

「謝謝你！」莫莫的臉上流露出感激的神情：「平哥，你對我真好！那我就接著說嘍。外祖父他們的那個篷車隊，一路上要翻過許多高山，還得穿過大沙漠。那沙漠裡的沙呀，常常像狂風暴雨一樣打在他們的身上，鑽入他們的眼睛和耳朵

裡，讓他們又痛又癢，非常難受。篷車隊經過好多的困難，最後終於到達了開封。就像那些猶太商人們所說的，開封是多麼美麗，中國人又是多麼友善啊！篷車隊的人們，忘記了一路上的辛苦，都高興的歡呼了起來！」

莫莫稍喘了一口氣，又說：「真想不到，中國的皇帝還特別派了大臣，來歡迎這些陌生的外來客哩！」

陸平說：「通常從外國來的客人，為了表示友好和禮貌，都會帶著珍貴的禮物，送給中國的皇帝。猶太人的篷車隊也帶了禮物來嗎？」

「有，有。」莫莫說：「他們帶來了好多好多的五彩棉布。」

「棉布？」迪迪問：「那不是很普通的東西嗎？」

「可是──」莫莫想了想，答道：「媽媽說，那時候，中國還沒有像現在這麼好的棉布哩。那些來往的猶太商人啊，曾經告訴過我的外祖父，中國雖然有很多棉花田，但中國人還不太懂怎麼樣才能把棉花紡成最細的紗，再織成美麗的布匹。而那時在猶太人之中，已經有很多會紡紗織布的專家了。所以當外祖父他們的篷車隊，準備來中國的時候，就想到應該請織工們，織出一些最上等的五彩棉布，帶來送給中國的皇帝。」

「後來呢？」迪迪追問著。

「後來啊，皇帝派了使者接見篷車隊的代表，並且接受了他們帶來的禮物。」

迪迪又問：「那位皇帝，喜歡猶太人織的棉布嗎？」

莫莫笑著說：「當然啦！皇帝很高興耶。他立刻邀請篷車隊的猶太人，教中國人紡織出世界上最漂亮的五彩棉布。中國人那麼聰明，很快就統統學會了，他們

紡紗織布的技術越來越進步，所以現在在中國，人人都可以穿著棉布做成的衣服，即使是五彩棉布，也變成很普通的物品了。」

　　「噢，差點忘記告訴你們一件最重要的事，」莫莫頑皮的伸了伸舌頭：「那位中國皇帝還親自寫了一封詔書，歡迎猶太民族來中國居住，並允許猶太人永遠保存他們自己的習俗和信仰。你們說，這位皇帝是不是很仁慈寬大啊？」

　　陸平立刻回答：「正是。」

　　迪迪卻激動的暗想：「莫莫說的這位皇帝，可能就是我的爺爺吧？等我長大當皇帝以後，我也要像爺爺一樣，歡迎其他國家的人們來中國，讓他們在這裡快樂的生活。」

　　莫莫輕輕撫摸圖吉的羽毛，說：「我的故事講完了。」

　　陸平又用力拍了拍手，對莫莫說：「說得真好！但是，我不明白，為什麼你的外祖父在開封定居，而你卻出生在洛陽？洛陽也有猶太人嗎？」

　　「是呀！我的爸爸就是住在洛陽的猶太人，媽媽嫁給爸爸以後，就從開封搬去洛陽啦。所以我和哥哥姐姐們，都是在洛陽出生長大的呢。我的舅舅是開封城內最有名氣的醫生，他邀請爸爸來這裡和他一起行醫，爸爸知道媽媽很想念外祖父母，所以就帶著我們全家，駕著篷車來了。」

　　莫莫停了一會兒，又說：「好了，迪迪，該輪到你來說一個你媽媽講的故事了。」

　　迪迪楞了一下，不知道說什麼好。陸平立刻說：「我來給你們講一個好玩的故事，聽完後都早些睡吧。你們瞧，圖吉睡得多香甜啊！今天發生了這麼多的事，大家都累了，好好睡一覺，明天我們一定要找到莫莫的爸媽。」

陸平開始說：「還記得今天我們在大虹橋上，看到有兩個抬轎子的，在和挑扁擔的人搶路嗎？你們知道為什麼會有『轎子』這樣東西嗎？」

迪迪和莫莫互相望了一眼，搖搖頭，同聲說道：「不知道！」

陸平說：「很久很久以前哪，有一位中國的皇帝，他很喜歡坐馬車出去遊玩。但是，有些路上會有很多石頭，當馬車的輪子在上面走過時，不但會發出嘰嘰嘎嘎的吵鬧聲，還會碰碰撞撞的讓皇帝坐不安穩。有一次，馬車跑得很快，忽然不小心撞到一塊大石頭，差點沒把皇帝給摔了出去。皇帝很生氣，命令馬車夫把車輪拆掉，乾脆抬著皇帝的座椅走吧！由人抬著，果然很舒適平穩，後來就慢慢變成現在人人都可以乘坐的『轎子』啦。」

迪迪又想起他在宮中坐的大轎子，通常都由好幾個壯漢抬著，原來還有這麼一個典故啊。

莫莫也學著陸平，拍拍手說：「真好聽。平哥，你也很會講故事呢。」但是，他又想起爸爸的篷車，和那匹拉車的老馬了。他想：「轎子再舒服，也比不上一家人擠在馬車裡好玩兒呢。」

陸平的故事說完了，他吹熄了蠟燭。不一會兒，就響起了迪迪和莫莫均勻輕微的鼾聲。皎潔的月光，照進黑暗的客房裡，照在他們純潔無邪的臉龐上。他們哪裡想得到啊，這一夜，可不會安寧了，一場驚險激烈的夜戰，正要展開啦！

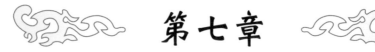

第七章

蒙面惡少夜突襲　笛聲響起誰相助

　　陸平是一個絕頂謹慎又機警的年輕人。他看著迪迪、莫莫睡著了，才躺在床沿邊，昏昏沉沉的閉上了眼睛。忽然，門外又響起一陣微弱卻急促的笛聲，陸平立即警覺的坐了起來。紙窗上映出三個縮頭縮腦的黑影，「咦，該不會是今天在虹橋上的那三個傢伙吧？這麼晚了，他們還來這裡做什麼？哼，準沒存好心眼兒。」陸平趕緊搖醒迪迪和莫莫，悄聲的說：「有壞人來了，你們快躲到床底下去！記住，不管發生了什麼事，千萬不要出來，也絕對不能出聲，懂嗎？」

　　兩個孩子揉了揉眼睛，順從的滑進床底下去了。機伶的莫莫還把圖吉緊緊抱在懷裡，並用手捂住圖吉的嘴，不讓牠出聲。

　　外面的人，從門縫中伸進一根小木條，一點一點的推挪著門拴。陸平躲在門後，屏息等待。一會兒，門就被輕輕的推開了，朦朧的月光立即灑進了屋內。一個臉上蒙著塊黑布的高個兒猛力跳向床前，揚起手中的長棍，正要朝著棉被打下去，說時遲那時快，躲在門後的陸平，以迅雷不及掩耳的速度，像一頭猛虎般的躍起，狠狠的一腳踢落高個兒手中的長棍！就在此時，床下的迪迪和莫莫隱約看見另外兩個蒙面人手持小刀一擁而上準備對陸平展開襲擊。

　　迪迪忍不住了，他要去阻擋那兩個壞傢伙！他立刻從床下爬了出來，莫莫緊跟著迪迪，一起朝那兩個蒙面人撲了過去。

陸平的拳腳快如閃電，氣震屋宇，打得那高個兒眼冒金星，搖搖欲墜！陸平一把扯下高個兒的面巾，低聲怒斥：「哼，果然是你們！」高個兒嚇破了膽，跟跟蹌蹌的奪門而出。

陸平連忙轉身去對付另外兩個傢伙，卻見迪迪和莫莫已將他們撲倒在地。陸平對著他們低喝道：「芝麻、大餅，快給我滾！」二人像夾著尾巴的狗，灰頭土臉的落荒而逃。

一時間，笛聲也消失了。陸平趕緊把門拴上，心想：「還好，這房間單獨在後院裡，才沒有吵醒其他的客人。」他暗暗納悶，「迪迪和莫莫怎麼會有這麼大的本領，把芝麻和大餅都給制服了？」

「莫非有高人在暗中幫助我們？」陸平一邊想，一邊點燃蠟燭，習慣性的先往迪迪的身邊走去，並四下查看。

莫莫走上前來，用充滿崇拜的眼神，抬頭望著陸平，「哇，你好威風噢！你是我所見過武功最高強的人哩！平哥，請你告訴我，你是怎麼學會這些本領的呢？」

陸平摸了摸莫莫肩頭上的圖吉，正要開口時，卻發現迪迪側著身子，樣子有些奇怪。陸平心頭一緊，便說道：「稍等一會兒，讓我們先去看看迪迪怎麼了。」

迪迪站在床邊，左手緊緊握著右手臂，咬著牙不讓眼淚掉下來。陸平看見嚇了一大跳，驚慌的說：「迪迪，你受傷了嗎？」陸平小心翼翼的抬起迪迪的手臂，果然看見一條好長的劃口子，紅紅的血，已將袖子給浸溼了！陸平焦急的說：「這可怎麼辦？怎麼辦？」

莫莫小小的年紀，卻顯得很鎮靜。他立刻端來了一盆水，說：「來，迪迪，讓

我先把你的傷口洗乾淨。」他又請陸平去把洗臉毛巾拿過來，並將毛巾撕成長長的布條。傷口洗好後，莫莫再用布條，很仔細的，一圈又一圈的包紮好迪迪的手臂。

　　陸平在旁邊看傻眼了，他驚訝的說：「莫莫，你真像一個小醫生！」

　　莫莫得意的笑出聲來：「對啊！別忘了我的爸爸就是醫生嘛！我常常看他給受傷的人包紮，所以就學會啦。」他又對迪迪說：「你不要亂動，這樣手臂就不會再流血了。等明天找到我爸爸，他會給你塗上一種很神奇的藥膏，那你的傷口馬上就會好了耶！」迪迪感激的說：「莫莫，謝謝你，已經不痛啦。」

　　莫莫又轉向陸平：「現在你可以告訴我了嗎？為什麼你的武功這麼好啊？」

　　陸平說：「可以，可以。你們都累了，上床躺著聽吧。」

　　陸平坐在床邊，開始說：「我出生在開封城附近的一個小村莊裡，那兒常常發生水災。就在我五歲的那一年，洪水又氾濫了，幾乎淹沒了所有的房子。村民們都爬上屋頂，巴望著洪水趕快退下去。但是老天爺不幫忙，又黃又髒的水越漲越高，眼看著就要把人都沖走了。我的父母一著急，就把我放進一個大木盆裡，希望木盆隨著水流，把我載到一個安全的岸邊。我想我一定是哭著睡著了，等我醒過來的時候，看見一群小和尚圍繞著我，他們見我睜開了眼睛，都高興的叫著：『他醒了！他醒了！』一個老和尚走過來，合掌說：『阿彌陀佛，佛祖保佑。我經過河岸邊，發現你昏睡在一個大木盆裡，就把你給帶回來了。歡迎你來「少林寺」，等你休息好了，我再帶你去找你的父母吧！』」

　　迪迪從來沒有聽過陸平講述他自己的身世，不禁關心的問：「後來你找到父母

了嗎？」

「沒有。」陸平露出難過的神情：「後來，老和尚帶我回到我住的村莊，才知道我的父母和親戚們，都被那次的大水沖走了。我一下子就變成了一個孤苦伶仃的孤兒。我記得我還有一個叔叔，在開封城內教書。老和尚帶我找到了叔叔，叔叔沒有孩子，他想收養我，把我留在他的身邊。但是，我卻想回到『少林寺』，和那些小和尚們一起玩兒，一塊兒練功。我就央求叔叔，讓我隨著老和尚回去。」

迪迪點點頭，說道：「我聽說過，如果孩子能去『少林寺』習武，父母親友都會覺得很有面子，很驕傲呢。」

莫莫被他們的對話弄糊塗了。陸平不是說他除了有個在開封的叔叔外，已經沒有別的親戚了嗎？那麼迪迪怎麼會是他的表弟呢？啊！不過，這些都不重要，莫莫更想知道的是——他們所講的「少林寺」，到底是怎麼回事兒？

　　莫莫問陸平：「你的拳術，就是在那裡學的嗎？請你快說，『少林寺』是個什麼樣子的地方啊？」

　　陸平耐心的解釋著：「『少林寺』，是中國的佛教聖地之一，它離開封城並不太遠，卻建造在林蔭濃密的深山裡。和尚們本來可以在那裡安安靜靜的唸佛修行，沒想到，卻常常遭到山林裡強盜土匪的襲擊，以及毒蛇猛獸的威脅。為了安全，他們就模仿動物和野獸的各種防衛姿勢，發展出一套保護自己的拳法。後來他們的拳術越來越有名，好多人都想把孩子從小就送去那裡學習呢！」

　　陸平輕輕的嘆了口氣：「哎！我雖然不幸的失去了父母，卻很幸運的能生長在『少林寺』那樣的大家庭裡，不但學到了一身好武功，也懂得了許多做人的道理。」

　　迪迪問：「他們教了哪些做人的道理呢？」

　　陸平回答：「噢，有很多很多。最重要的是，凡事要多觀察、多忍耐，要學會與人、與天地萬物都能和平相處。」

　　莫莫又不懂了：「既然要與人和平相處，那你們為什麼還要學打拳呢？」

　　陸平笑著說：「少林功夫，是為了保護自己，而絕對不是去攻擊別人的，懂嗎？」

　　他想了一想，又接著說：「我還得謝謝你們，剛才那麼勇敢的幫我趕走了那三個傢伙。其實，你們所做的，已經很合乎『少林寺』的精神了。」

　　迪迪和莫莫聽到陸平的稱讚，都一骨碌的坐了起來，把沉睡中的圖吉又吵醒啦！

　　「我們做了什麼呢？」他們異口同聲的問道。

　　「首先，你們——啊，還有圖吉，都聽我的話躲在床下，那就是『忍耐』的

功夫。後來，你們看見他們三個打我一個，為了保護我，才忍不住出來幫我的忙，那就是『自衛』的道理了。」陸平又說：「好了，這真是最長的一夜了，你們看，天都要亮啦，快快睡吧！」

迪迪和莫莫，乖乖的躺下來，圖吉蹲坐在他倆中間，又打起盹兒來了。

莫莫心想：「將來，我一定要學會中國的武功，像平哥一樣，能保護自己，也能保護別人。」

迪迪心想：「將來，我一定要做個好皇帝，像陸平所說的，學會觀察、忍耐的功夫，與人、與天地萬物和平相處。」

陸平吹熄了蠟燭，在床邊躺下，心想：「明天，無論如何，都要找到莫莫的爸爸，我答應過的事，一定要辦到。」

清晨時，才剛剛睡著的陸平，又被一陣急促的敲門聲給驚醒了。

第八章

繁華日夜開封城　孫家肉店劉家鋪

陸平把門打開，外面站著一位蓄著山羊鬍子，身材魁梧、滿面笑容的中年人。

「你就是陸平吧？」中年人用宏亮的聲音問道。接著說：「我姓王，是這家客店的掌櫃。我剛剛才從外地買貨回來，聽夥計說，我的結拜大哥，就是那個老船夫啊，特別交代過，要我好好的照顧你們，並且，還要我帶著你們，去找一個猶太小孩的父親，是嗎？」

陸平趕緊對著中年人，深深的一鞠躬：「謝謝王掌櫃，我正是陸平。我的表弟迪迪，和那猶太小孩莫莫，都還在房內睡覺……」

王掌櫃像是突然想到了什麼似的，舉起手拍了一下額頭，笑著說：「唉呀呀！看我糊塗的！天才剛亮呢！我就在這裡喳呼著！不急，不急。等你們收拾好了，先去前面食堂，吃些早點再說吧。」說完，就轉身離去。

迪迪和莫莫，早就被王掌櫃粗大的嗓門給吵醒了，他倆從床上一骨碌的爬了起來。陸平先仔細的查看了一下迪迪手臂上的傷口，再耐心的替他洗臉穿衣。莫莫卻很快的自己梳洗好了，還把藍色的小帽，端端正正的戴在頭上。

陸平一手牽著迪迪，一手牽著莫莫，三人快步的走向食堂。啊！那撲鼻而來的飯香味，讓他們直嚥口水。食堂內的大蒸籠裡，散發出像濃霧一樣的蒸氣，大鐵鍋內，滾熱的油咕嘟咕嘟的冒著泡兒。王掌櫃正忙著招呼客人，看見陸平帶著

兩個孩子走進來，立刻迎上前去。

「王掌櫃，您好！」迪迪和莫莫同聲說道。莫莫肩上的圖吉也跟著說：「您好！您好！」

「都好！都好！」王掌櫃笑呵呵的說：「來，來，來，先坐下吃點兒東西，愛吃什麼儘管說，包子？饅頭？還是胡麻餅？」

迪迪用手肘輕輕碰了碰莫莫，說：「嗨，昨天看你吃白菜湯麵，熱呼呼的好香噢！今天我也想陪你吃一碗。平哥，你呢？」陸平微笑的說：「好啊！那麼，我也來一大碗吧！」。

陸平一面吃著麵、喝著湯，一面向王掌櫃說明，如何遇見莫莫，以及答應他尋找父親的經過。

「嗯……開封城內，是有很多藍帽回回，都住在他們的猶太寺院附近。從外地來的藍帽回回，通常都會先去那裡落腳，我們不妨前去打聽一下。不過，那個猶太區離這裡還有一段路程，我們得先進城……」王掌櫃撫弄著他的山羊鬍子，沉思了一會兒，又說道：「我的小女兒再過半個月就要出嫁了，前些日子，我都在忙著別的事兒，今天一定得去城裡，為女兒辦些嫁妝，和為婚禮喜宴預訂些酒肉，要不然，可就來不及準備了。這樣吧——在送你們去猶太區的沿路上，我順便把這些事兒，也都一塊兒辦了。很好！就這麼辦！吃完早點，我們就出發吧！」

迪迪和莫莫擠在王掌櫃的馬車內，張大了眼睛，不停的左瞧瞧、右看看。路上各式各樣的人和車，都讓他們興奮的嘰嘰咕咕說笑不停。不久，他們就來到一座高大的城門

前，王掌櫃把馬車靠邊停下，讓對面正要走出城門的駱駝商隊先過去。迪迪和莫莫，從來沒有這麼接近過駱駝。看！那長長的鬍鬚，高聳的駝峰，和慢條斯理的腳步，多像一個駝背老公公在散步哪！

　　一進城門，就看見一條寬大的街道，兩邊佈滿了各種商店、飯館和酒樓。每一家店門前都張燈結綵、旗幟飄揚，街上擁擠的人潮川流不息，真是熱鬧極了！

　　王掌櫃將馬車在一家木器店前停下拴好，他指著門口擺放的大木桶，對陸平說：「我要去買幾個木桶來裝酒，好招待參加婚宴的客人。我得進裡面去談一下，這兒有一袋素菜包子，如果你們餓了，就先吃點兒填填肚子。這大街上挺熱鬧的，你不妨帶著迪迪莫莫在附近逛一逛。」

　　迪迪看見這家木器店的牆壁上，掛著好大的一副木弓。在皇宮裡，他正在學習箭法，準備將來跟隨父皇出宮去郊外騎馬打獵。現在看到這麼神氣的大弓，不禁驚呼：「哇，我可以試一下嗎？」店主人見他可愛的模樣，一邊點頭，一邊就把木弓從牆上取了下來。

　　陸平連忙上前，對迪迪說：「你的手傷……」迪迪打斷了陸平的話：「沒關係，讓我試試吧！」迪迪的胳臂雖然細小，卻結實有力。他擺好了姿勢，鼓起勁兒，吸著氣猛力一拉，就是一個滿弓，圍觀的人們都鼓掌大聲叫好。店主人拍拍迪迪的肩膀，豎起了大姆指說：「好小子，將來要當神射手嘍！」站在旁邊的莫莫，為他的好朋友感到高興和驕傲，甚至連圖吉也得意的咯咯叫呢。

　　陸平牽著迪迪和莫莫，走到街上看熱鬧。當他看見兩邊五花八門的商店，就對迪迪和莫莫說：「我們去挑選一件禮物，送給王掌櫃的女兒，做為她的結婚賀禮，好嗎？」迪迪點點頭，答道：「這個主意太好了，王掌櫃這麼熱心的帶我們進城，來找莫莫的爸爸，我們是應該謝謝他才對！」

　　街上有好多不同的商店啊！金銀樓、綢緞莊、瓷器店、藥材行、食品屋……看得他們眼花撩亂，不知道該買什麼才好。

　　忽然間，一陣香氣傳來，莫莫高興的說：「前面一定有一家香料店，我的叔叔

是做香料生意的，他經常從外國攜帶珍貴的香料來中國。我們去店裡看看，也許可以找到一個好禮物。」

陸平抬頭一望，果然，前面店門上，掛著一塊大大的黑漆木匾，上面有幾個金色的大字「劉家香料鋪」。他們走進店裡，看見架子上排列著祭祀用的焚香、家裡用的薰香、戴在身上的香囊和香袋……和各種各樣其他的香料用品。迪迪想起每次在宮中有盛大慶典時，都要點燃許多蠟燭，增加光明歡樂的氣氛。他從架上取下一對大紅色的香燭，笑嘻嘻的對陸平和莫莫說：「找到了！找到了！你們看啊，這是多麼喜氣的禮物啊！」

當他們三人回到木器行時，王掌櫃已站在門外等候了。

「孩子們，開封城裡新鮮的玩意兒可不少吧？你們看上什麼好玩兒的東西了嗎？」

迪迪說：「我從來沒有見過這麼多的店鋪，有意思極了。以後我一定還會再來。剛才我們買了一件結婚禮物，請替我們送給你的女兒，好嗎？」說著，莫莫走上前來，把一個漂亮的長盒子交給王掌櫃。

王掌櫃憐愛的拍拍迪迪和莫莫的頭，感動的說：「你們小小的年紀，就這麼懂事，真難得啊！」

接著又說：「來，來，我們坐上馬車趕路吧！不過，等一下經過『孫家羊肉店』時，還得稍停一會兒，我要和孫老闆商量一下喜宴的菜單，然後，我們就可以去猶太社區了。」

「啊！也許──很快就要見到爸爸和媽媽啦！」莫莫的心，激動的怦怦跳。

「如果──莫莫找到爸爸，他和圖吉就要和我們離別了！」迪迪想到這裡，不禁暗暗的難過了起來。

馬車在一家有三層樓的大飯店前停下來。王掌櫃說：「你們在車裡等一會兒，我去去就來。」

第九章

老人說書論英雄　商路交流通西東

迪迪和莫莫把頭伸出車窗外，看見飯店前，有一位頭上包著布巾、手裡拿著羽毛扇的老頭兒，正對著一大群圍繞在他身邊的大人和小孩們說話呢。那些大人和小孩啊，都聚精會神的聽著，動也不動哩！

迪迪問陸平：「那老頭兒在說什麼有趣的事兒啊？」陸平說：「噢，他是一個『說書先生』，專門給老百姓講書裡的故事，我以前也聽過人家說書，他們總是講得活靈活現的，好精彩呢！」迪迪心動的問：「平哥，我想和莫莫過去聽一下，可以嗎？」

陸平猶豫了一會兒，才說：「好吧，但是我要看守馬車，不能過去，我會在這裡望著你們。」然後，他又不放心的連連叮嚀：「答應我，你們千萬不能和任何人說話！」迪迪和莫莫點點頭，飛快的跳下了馬車，手拉手的擠入人群中了。

那老頭兒一面輕輕搖著扇子，一面用唱歌的腔調說：「……這開封城為什麼繁華？因為啊，它是全國的商業中心哪。商品從汴河運來，也從通商之路運來。汴河就在我們的周圍，你們都很熟悉了。但是，『通商之路』究竟是怎麼回事兒呢？它是穿過大沙漠，連接中國和外國的一條大道啊！你們可知道是誰打通了那條道路的？」

迪迪對莫莫說：「聽！他準是要講『張騫』的故事了！」

　　老頭兒慢慢的抬起了眼皮，遠遠的瞄了迪迪一眼。然後，拉著長長的嗓音說：「是誰，不怕那無邊無際的大沙漠啊？是誰，不怕那把人曬焦的毒太陽啊？是誰，不怕那鋪天蓋地而來的狂風飛沙啊？你們說說看，是誰啊？」

　　人群中有好多聲音，爭先叫喊著：「張騫！張騫！」

　　老頭兒哈哈一笑，不慌不忙的搖著羽毛扇：「對啦！正是張騫。這話說來可長哪！張騫是從前漢朝時候的人，他不但聰明勇敢，又忠心愛國。每當皇帝需要有人去執行一項困難危險的任務時，張騫總會自告奮勇的說：我去！我去！」

　　老頭兒的語氣一下子變得很悲哀：「哎！那時候啊，在中國的北方，有一個強大兇悍的匈奴國。他們蠻橫不講理，一天到晚在中國邊境殺人、燒房子、搶東西。中國皇帝很生氣，要去攻打匈奴。當時有位大臣說，匈奴太厲害啦，只有聯合西北邊境的另一個國家『月氏國』，一起去攻打匈奴，才有打勝仗的希望。但是派誰去『月氏國』做聯絡的工作呢？去那裡，得越過又大又可怕的沙漠，還從來沒有一個中國人，能活著走出沙漠呢！哎，誰願意去冒這麼大的險呢？大臣們都低下頭不說話了。」

　　忽然，老頭兒提高了聲音，用激動顫抖的聲音說：「只有那最勇敢的張騫啊，他毫不害怕的挺身站出來，對皇帝說：『我去！我去！』皇帝很高興的賜給他一百多個最精銳的士兵，一起去那遙遠的月氏國。他們翻過崎嶇的高山，越過險惡的流沙，但神祕的大沙漠，實在太深不可測啦！不管他們多麼小心，最後還是迷失在大沙漠裡，被匈奴人給捉走了。」

　　老頭兒搖搖頭，接著說：「慘哪！張騫被拘留在匈奴境內，一轉眼就過了十幾

年，他和他的士兵們，每天都在匈奴人的監視下，辛辛苦苦的在野外放牧牛羊。但是，張騫一點兒也不氣餒，他常常鼓勵士兵，要有耐心，時時提高警覺，他相信總有一天，他們會逃出匈奴國的。

「機會終於來了，就在匈奴人舉行一個盛大祭典的夜晚，人人都喝得爛醉如泥的時候，張騫和剩下的幾個士兵，趁機偷偷溜了出來，跨上馬，他們頭也不回的飛奔而去，一直到離開匈奴國界。

「雖然已經過了這麼長的時間，張騫並沒有忘記原來的任務，他還是要去月氏國！但是，月氏國早已被匈奴人趕到更遠的西方去了。張騫暗下決心，不管路多遠、多難走，也要勇往直前。最後，終於千辛萬苦的到達了目的地。但可萬萬沒想到，本來痛恨匈奴國的月氏國王，認為他們的生活已經安定下來，不願意再打仗啦，張騫怎麼勸說都沒有用，他只好失望的返回中國。

「當皇帝看到失蹤了十幾年的張騫，竟然平平安安的回來了，真是又驚又喜！張騫雖然沒有達成聯絡月氏攻打匈奴的任務，但他卻是第一位穿越沙漠，到達西方國家的中國人啊！他把在匈奴國和大沙漠裡的種種情況，都仔仔細細的告訴了皇帝。後來，皇帝派遣軍隊去攻打匈奴，都因為有張騫的幫助和帶路，而打了勝仗。匈奴被打敗後，慌忙退出了沙漠地帶，從此中國去西方的道路就通暢無阻啦。皇帝為了要和西方各國友好和通商，就派了使臣、商隊，沿著張騫走過的道路，把中國的絲綢、瓷器、茶葉賣到外國去，而外國商人也沿著這條路，把西方的香料、藥材和珠寶傳入中國。這就是大家常常說起的『通商之路』，或『絲綢之路』了。而張騫呢，也就成為歷史上的一位大功臣啦。」

　　老頭兒講到這裡就停住了。四周立刻響起了熱烈的鼓掌聲。迪迪和莫莫不敢耽擱，轉身推開人群，匆匆往王掌櫃的馬車跑過去。

　　忽然，在他們的身後，伸出一隻又厚又大的手，「啪」的一巴掌，拍在莫莫的肩頭上。莫莫驚叫了一聲，忙轉過身去看。圖吉被嚇得飛了起來，咯咯咯的亂叫，猛拍著翅膀不知如何是好。

第十章

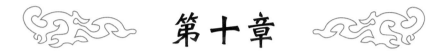

迪迪氣宇不平凡　莫莫返家眾人歡

只是一眨眼的功夫，陸平已從馬車上跳到莫莫的身邊，他用自己的身子擋住兩個孩子。他的面前站著一個高大的青年，那人有高高的鼻子，深深凹著的眼睛，滿臉捲捲的鬍子，頭上還戴著一頂和莫莫一樣的小藍帽。

陸平厲聲責問：「你是誰？你要做什麼？」

那青年用手指向莫莫，也用強硬的聲音回答：「我叫大衛。我想知道那孩子叫什麼名字？從哪裡來的？」

站在陸平背後的莫莫，有些膽怯的說：「我是莫莫，從洛陽來的。」

「哎呀！感謝上帝！總算找到你了！」大衛鬆了一大口氣，卻立刻用埋怨的口吻對莫莫說：「哎，大家找你一天一夜了，你怎麼會在這裡聽說書啊？」他以戒備的眼神望著陸平，並問道：「你是誰？怎麼會和莫莫在一起？」

這時，王掌櫃正好談完生意走出來，一眼望見孩子們好像遇上了什麼麻煩，急忙快步走上前去，用溫和卻威嚴的口氣說：「喂！藍帽回回，你可別嚇著孩子，有什麼事，就跟我說吧。」

「先生，對不起，我太激動了！」大衛回答：「是這樣的，昨天早上，莫莫的父親駕著一輛篷車，從洛陽來到我們開封的猶太社區，現在住在他們的親戚家裡。因為莫莫不見了，他的家人都急得像熱鍋上的螞蟻。現在整個社區都在幫著找呢！」

大衛又指了指莫莫：「那丟失的孩子叫做莫莫，今年十歲，我想，準是他了。」

　　王掌櫃說：「沒錯，我也正要帶莫莫去猶太社區，尋找他的家人。現在有你帶路，那就更好辦了！來，來，來，都坐我的馬車走吧！」

　　坐在馬車裡的兩個孩子，各自想著心事，顯得特別安靜。

　　「就快要見到爸爸媽媽了！」莫莫越想越興奮。

　　「快要見到莫莫的家人了！」迪迪也很興奮，但不知為什麼，這讓他特別想念起宮中的父皇和母后。

　　圖吉叫了兩聲 "Shalom! Shalom!" 打破了寂靜。大衛張大了眼睛，驚奇的說：「什麼？這隻鳥會說希伯來語？大概全中國，就只有這隻鸚鵡，會說希伯來語吧？哈哈，真有意思！」

　　馬車從大街轉入一條小巷子內，又轉入另一條小巷子內……那些巷子裡的男人和男孩子們，都戴著和莫莫、大衛一樣的小藍帽。大衛向他們揮手並大聲叫喊：「我找到莫莫啦！我找到莫莫啦！」立刻，人們從巷子內，從屋子裡，都跑了出來，一下子就把馬車層層圍住了。每個人的臉都綻放出笑容，興高采烈的歡呼著：「莫莫來了！莫莫來了！」

　　大衛對大家說：「我們去艾醫生家，莫莫的家人全在那裡。有誰跑得快，先去報個信兒吧！」

　　所有的人都尾隨著馬車，來到一條寬大的巷子。剛進巷口，就看見莫莫的家人在門前焦急的張望。莫莫跳下車來，朝他們飛奔過去，一頭就撲進了媽媽張開雙臂的懷裡。他的爸爸和哥哥，噢，當然還有圖吉，都和他們緊緊相擁在一起。

迪迪和陸平看到這感人的一幕，有些侷促的站在旁邊，不知道該說什麼才好。王掌櫃拴好馬車，也走來站在迪迪身旁。

莫莫的爸爸對著迪迪、陸平、王掌櫃和大衛，不斷的道謝。王掌櫃見到莫莫安全的回到父母的懷抱，就放心的告辭，趕回去準備女兒的婚宴了。圍觀的藍帽回回們，為了要讓莫莫一家人安靜的團聚，紛紛祝福後，也漸漸的散去了。

這時莫莫的舅舅過來熱烈的擁抱住莫莫，並為他介紹舅媽和好多從來沒有見過面的表哥、表姐們。莫莫也向家人介紹了他的好朋友——迪迪和陸平。莫莫的舅舅轉向他們，親切的說：「歡迎你們。我姓艾，莫莫的父親姓張，我們都是醫生。請你們把這兒也當做自己的家，不要客氣。來，進屋裡談，請進！請進！」圖吉早已飛入房內，安然又滿足的，回到牠自己的「家」，一個特製的，高高的圓木柱上。

進門的時候，莫莫抬起頭來，看著高高釘在門柱上的一個小盒子。他踮起腳，用手指尖輕輕碰觸那小盒，然後再把手指放在嘴唇上親吻了一下。

迪迪看到，覺得很奇怪，心想：「這一定是藍帽回回的習俗。那小盒子……是不是裝了什麼神祕的東西啊？」

進到屋內坐下後，莫莫依偎在爸爸媽媽的身邊，回答表哥、表姐們七嘴八舌的問題。莫莫的爸爸對他說：「你知道明天就是『安息日』，今天晚上你的媽媽要留在家裡和舅媽、表姐們一起準備晚餐。我和你舅舅、哥

哥都要去猶太寺院做禱告。尤其是今天，我們要為你的平安歸來，特別去感謝上帝。」說著說著，看到莫莫和他的新朋友都面露疲憊，莫莫的爸爸心疼的說：「你們這兩天經過了這麼多的事情，一定很累了，先在家裡休息一會兒吧。」當他看見迪迪的手臂上，綁著厚厚的布條時，不禁關心的問：「咦，孩子，你的胳臂受傷了嗎？」

「噢，沒什麼……」迪迪答道：「莫莫已經替我包紮過了。」

「莫莫？嗯……做的還真不錯，沒想到我的小兒子越來越能幹了。」莫莫的爸爸露出欣慰的笑容：「不過，還是讓我打開布條檢查一下吧！」

當他看見迪迪又紅又腫的傷口時，心想：「這一定很痛，這孩子多麼勇敢啊！我要用最好的藥來醫治他的傷口。」他立刻取出一瓶粉紅色的藥膏，一邊仔細塗在迪迪的傷口上，一邊說：「這是印度商人帶來中國賣的石榴藥膏。在印度，這是非常名貴的藥品，很管用呢！」

莫莫聽了，便開口問道：「那個印度商人是從『通商之路』來中國做買賣的嗎？」莫莫的爸爸愉快的點點頭，他感到這個小兒子，在兩天之內，好像長大了許多，懂了好多的事。

仔細護理好迪迪的傷口後，莫莫的爸爸微笑著對迪迪說：「好了，這紅腫明天就會消失，傷口就不會再痛了。」

迪迪向他微微一鞠躬，答道：「謝謝您，我已經覺得不痛了。」

莫莫的爸爸很喜歡這個有禮貌的孩子，心想：「迪迪年紀雖小，但有一股不平凡的氣質，他一定是出身於一個非常有教養的家庭。我真高興莫莫能和他做朋友。」

　　他對陸平說：「你和迪迪可以等我們從寺院回來，一起用晚餐嗎？」莫莫的媽媽急忙說：「噢，不但要留下來用晚餐，還希望你們能多住幾天，我要好好的招待招待你們。」

　　「謝謝你們的邀請。」陸平回答著：「但是……我答應過迪迪的父親，明天就要帶他回去遠方的家了。不過，我們很願意今晚住在這裡，讓迪迪和莫莫再有多一些時間一起玩兒。也許……以後再想見面，就沒有那麼容易了……」

第十一章

猶太寺院安息日　神祕牧童現影蹤

當莫莫的爸爸、舅舅和哥哥從寺院回來的時候，長長的餐桌上，已經擺設好整整齊齊的餐具了。雪白的桌布中間，有兩座閃閃發光的銀燭臺，上面插了兩根大蠟燭。等大家都安靜的坐下來後，女主人，也就是莫莫的舅媽，點燃了蠟燭，她低下頭，用手遮住眼睛，並用希伯來語低聲唸了兩句祈禱文，表示迎接安息日的到來。

莫莫的哥哥，名叫「以塞亞」，他和陸平的年齡差不多，是一位很會為人著想的年輕人。他不時為迪迪和陸平解釋餐桌上的猶太教儀式。

莫莫的舅舅舉起一只裝了紅酒的銀杯，唸了一段希伯來語的祈禱文。以塞亞輕聲對迪迪和陸平說：「他在感謝上帝，賜給我們葡萄來造酒。等一下銀杯要沿著桌子傳遞，每人都要喝一小口。」

莫莫的舅舅又舉起一杯裝了清水的小瓶，倒幾滴水在右手上，再倒幾滴水在左手上。以塞亞用極小的聲音說：「這表示在領受上帝賜給我們的食物前，先要把我們自己弄清潔弄乾淨。」

莫莫的舅舅拿起麵包，再用希伯來語感謝上帝，賜給人們大地上生長的食物。然後，他把麵包掰開，傳給每一個人。簡單的儀式就這樣結束，豐盛的晚餐開始了。飯桌上大家有說有笑，有時唱起歡樂的歌曲，有時還站起身來相擁共舞。迪

迪在宮裡，享用過很多山珍海味，但這裡的猶太食物卻是多麼不同，又多麼美味呀。

比起皇宮裡嚴肅的禮節，這個大家庭的融洽氣氛，又是多麼的自由自在，無拘無束呢！

莫莫的爸爸對迪迪和陸平說：「我們很高興你倆今晚在這裡用餐，同時看到了我們猶太人的一些習俗。我知道，這些與中國人的習俗大不相同。我想你們一定有滿肚子的疑問，可別害羞啊，儘管問吧。」

憋了好久的迪迪，忍不住說道：「謝謝！我真的有好多的問題想請教。首先，請您告訴我，什麼是『安息日』？」

莫莫的爸爸點點頭，微笑的回答：「根據猶太教經文的記載，上帝在第一天到第六天，創造了整個世界，所以在第七天就要完全休息。為了遵循上帝的啟示，我們的日子，每七天循環一次，而每一個第七天，就稱為『安息日』。在安息日那一天，大家都要休息，要反省，要祈禱，什麼東西都不能拿出家門，什麼活兒都不能幹，也不可以升火做飯，只能吃預先做好的冷食。所以，安息日前一天的晚餐，就要特別隆重豐盛，好讓大家在安息日到來之前，先吃上一頓熱呼呼的大餐。」

陸平笑著對迪迪說：「我們的運氣真好，剛好趕上了這頓大餐。」

迪迪卻迫不及待的又問：「剛才我們進門時，門柱上的那個小盒子，到底是什麼東西？裡面裝了什麼？」

這一回，莫莫的舅舅先開口了：「噢，那小盒子啊，我們叫它『門頭經』（Mezuzah），裡面裝了一個小小的卷軸……」

「卷軸？」迪迪驚奇的問：「那上面有圖畫嗎？」

莫莫的舅舅搖搖頭：「沒有圖畫，但是，有一段祈禱文。你們聽說過『出埃及記』這個古老的故事嗎？」

迪迪立刻回答：「聽過，聽過，莫莫講給我們聽的。」

「是嗎？」大家都轉頭望向莫莫，眼光中充滿了驚奇和讚許。莫莫卻害羞的低下了發紅的小臉蛋。

莫莫的舅舅繼續說：「當猶太人逃出埃及後，上帝告訴他們，所有的猶太人，都要在門柱上，貼一張祈禱文。這樣，每當人們進門時，就會看見它，連帶的會想起祖先們遷徙的艱辛。但是紙張的祈禱文，終究會因為日曬雨淋而損壞，所以，人們就想出一個好主意！那就是啊，把祈禱文寫在小卷軸上，放入小盒子內，再把小盒子釘在門柱上，就可以保存很久，很久了。」

迪迪又問：「那——莫莫為什麼要去摸那個小盒子呢？」

「因為，那是我們的一個傳統習俗。」莫莫的舅舅耐心解釋著：「每當我們進門時，要很虔誠的用手指去觸摸一下『門頭經』，然後再親吻一下碰過『門頭經』的手指，表示我們對祖先的尊敬。」

「哦，原來是這麼回事。」迪迪滿意的點了點頭。然後，有些歉然的說：「我知道已經很晚了，但是我……我……還有一個問題……」

莫莫的爸爸對迪迪說：「我看得出來，你是一個聰明的孩子。既好奇，又好學，將來長大一定是個了不起的人物！儘管把你的問題說出來，問得多，才學得多嘛！」

迪迪受到了鼓勵，就問道：「猶太人和中國人是兩個不同的種族，而且長得也

不像，為什麼你姓『張』，舅舅姓『艾』，那都是中國的姓氏啊！」

莫莫的舅舅仰起頭來，哈哈大笑：「問得好！問得好！讓我來回答吧！大約在一百多年前，有一群猶太人，他們聽說遠在東方的中國，是一個富強康樂的大國。而且，中國人對外族人都非常友善仁慈。所以，他們就組織了一個龐大的篷車隊，經過大沙漠，沿著通商之路來到了中國⋯⋯」

迪迪和陸平互望了一眼：「這不就是莫莫媽媽說過的故事嗎？」

莫莫的舅舅繼續說：「那些猶太人很喜愛中國，他們想在這裡永久的住下去，成為中國的一分子。中國皇帝知道後，非常高興，馬上就賜給他們許多中國的姓氏，把他們當成自己人，希望他們世世代代都能在中國安居樂業。這就是為什麼我們會有中國姓氏的原因了。」

莫莫的舅舅站起身來，說：「哇！時候不早了，大家應該去休息了吧。」

迪迪、莫莫、陸平和以塞亞，並排躺在一張大床上，蓋著柔軟舒適的棉被。明天，迪迪和陸平就要離開了，他們四個人還有很多話要說，很多遊戲要一塊玩兒呢！他們望著窗外閃爍的星星，誰也不肯先閉上眼睛。

「嗨！莫莫，你睡著了嗎？」迪迪輕聲問。

「沒有。」莫莫眨眨眼，他的眼睛比天上的星星還明亮。

「莫莫，我真高興今天能把你送回到你爸媽的身邊。我也很感激你的爸爸和舅舅，告訴我那麼多有關猶太人的事情。但是，我還很想知道，猶太寺院是個什麼樣子？和我們中國的寺廟一樣嗎？」說到這裡，迪迪輕輕嘆了一口氣：「哎，明天我們就得回去了，還不知道什麼時候才能再來這裡呢！」

　　以塞亞很訝異的聽到迪迪講出這樣老氣橫秋的話。他從床上坐了起來，說道：「迪迪，你那麼想看我們的寺院，那……，我現在就帶你們一起去吧！」

　　「哇！太好了，太好了！」四個人一下子就跳下床，偷偷的溜了出去。藉由天上月光的引導，他們在黑暗中小心翼翼的向前走。

　　深夜裡，平日熟悉的街道巷弄，竟也籠罩著一股神祕的氣氛。為了壯膽，以塞亞開始說話：「中國的皇帝真的非常仁慈哩。他不但賜姓給猶太人，還准許我們信奉自己的宗教，蓋自己的寺院。要是在別的國家啊，想蓋這麼一個猶太寺院，還真不容易呢。」

　　話才說完，以塞亞便興奮的指著前方說：「快到了，快到了。」模模糊糊中，出現了一座很像中國寺廟般的建築。他們躡手躡腳的走近了寺院的大門，還好，門沒有上栓。以塞亞輕輕的把門推開，裡面有一個很大的、四方形的庭院。庭院後面，就是猶太人做禮拜的大殿堂了。

忽然，庭院的中央，有一雙陰森森閃著綠光的眼睛，直直的盯向他們。莫莫嚇得大叫了一聲，那綠光向上一躍，「喵」的一聲，就消失了。陸平說：「別怕，別怕。只不過是一隻野貓罷了。」

但是，這時候在庭院後面的樹叢中，卻傳出兩聲非常細微的笛音。陸平驚覺的四處張望，並低喝道：「誰？是誰在吹笛子？快出來！」他們屏息靜聽，卻只聽見風吹樹葉的沙沙聲。以塞亞對陸平說：「現在這麼晚了，絕對不會有人在這兒吹笛子的，你聽錯了吧？」

以塞亞試著打開大殿堂的門，那卻是拴得牢牢的。他壓低了聲音說：「我們進不去，只能從窗外偷看兩眼了。」

好在有皎潔的月光，照進了殿堂。四個人紛紛踮起腳尖，隔著窗縫往裡面看。大堂的中央，有一張長形的檯子，檯面兩端各擺放了一座厚重的銅燭臺，中間立著一塊巨大的匾額，上面刻有幾個金色的大字。

「迪迪，快看啊，」陸平很興奮的說：「那塊匾上刻有『當今皇帝萬歲萬歲萬萬歲』的中文字，那一定是對我們皇帝的祝福！」

「對，對，對。」以塞亞指著牆上掛著的另一塊木匾，上面刻有希伯來文字「看，那上面寫著『上帝是我們的真神，唯一的神』（The Lord is our God, the Lord is One），這也是我們寫在『門頭經』裡的祈禱文呢。其實，這個寺院中，還有好多珍貴的經文卷軸噢，真可惜，你們今晚看不到了。」

迪迪說：「看到這兩幅美麗的匾額，這樣接近的擺放在一起，就好像看見中國人和猶太人，快快樂樂的在一塊兒做好朋友。啊，以塞亞，我今晚太高興了，謝

謝你帶我們來這裡。」

　　當他們轉身離去時，走在最後面的陸平，忽然看見一個小小的身影，像貓一樣迅速的竄過樹叢，消失在黑暗裡。陸平不解的說：「難道……又是那個光腳的牧童嗎？他到底是誰？為什麼老是跟著我們？」

第十二章

好友分別道珍重　寶物互換作紀念

　　第二天，吃早餐時，莫莫的爸爸對陸平說：「你們今天一定得回去嗎？能不能再多住一天？」他看見陸平面有難色，立即解釋說：「噢，事情是這樣的，今天是我們猶太人的安息日。按照習俗，我們是不能做任何得出勞力的工作的。所以我想送你們一程都沒辦法。如果讓你們就這樣自己走了，我是無論如何也放心不下的。但是，只要過了今天……」

　　話還沒有講完，就被一陣急促的敲門聲給打斷了。不一會兒，莫莫的一個表哥，急急忙忙的跑進來，將一個大信封遞給了陸平，並說：「外面有個信差，他說這封信一定要交到你的手上。」

　　陸平接過那華麗的信封，立刻就認出這信是從哪裡來的了。他很快的抽出信箋，上面寫著幾個工整的大字：「兩個時辰後，轎子在門外等候，速回宮。」他恭敬的將信摺疊好，放回信封內，並對莫莫的爸爸說：「噢，這是王掌櫃的信，他說已經通知了我們的親戚，一會兒就會派轎子來接我們，一切都安排好了，請不要擔心。」

　　「王掌櫃？我們的親戚？這是怎麼回事兒？」迪迪暗想。但是，他相信陸平，相信陸平所說的一切，都是為了保護他，為了不要洩露他是皇太子的身分。

　　然而，迪迪還真捨不得離開莫莫，也不願意離開這個溫暖和樂的大家庭。他

看見莫莫正在偷偷的擦眼淚呢。他走到莫莫的身邊，從當初帶著出宮的布袋中取出了他的紅風箏，並把它展開成一條神氣活現的長龍。「哇！哇！」所有在旁邊的人都驚呼了起來，他們從來沒有見過這樣華麗神奇的風箏！

迪迪把風箏放在莫莫的手中，說：「我希望……」他的聲音忽然變得有些不自然，「當你在玩這風箏時，希望你會想起我。當你聽見風箏在空中發出好聽的樂聲時，記得噢，那就是我在和你打招呼了。」

莫莫難過的低下頭，說不出話來。過了好一會兒，他才伸出手指，把肩上的圖吉，輕輕挪到迪迪的肩上。圖吉好像知道莫莫的意思，牠依偎在迪迪的頸邊，一動也不動。

「迪迪，」莫莫哽咽著說：「你是我最好的朋友，我一輩子也不會忘記你的。謝謝你把你最心愛的風箏送給我，我也要把我最心愛的圖吉送給你，因為我知道，牠會逗你和平哥發笑，帶給你們快樂。」

這回輪到迪迪說不出話來了，他輕輕撫摸著圖吉柔軟的羽毛，咬緊嘴唇努力的不讓眼淚掉下來。因為，他畢竟是一個太子啊！「太子」是不可以輕易哭出來的。

為了打破這悲哀的氣氛，以塞亞故意用輕鬆的語氣說：「嗨，陸平，你可別忘記要時常修剪圖吉的羽毛。你看，就是這裡，修掉一些，牠就飛不遠了。但是，要小心，千萬不能剪得太深噢，因為鳥的皮薄，是很容易流血的。」陸平說：「放心吧，我們一定會好好的照顧圖吉。」

莫莫的爸爸慈愛的對迪迪說：「過來，讓我再看看你的傷口。」迪迪馬上伸出手臂說：「您瞧，紅腫全退了呢！我今早已經把布條除去了。」莫莫的爸爸歡喜的說：「這石榴膏真好用！你帶兩盒回去吧。」

莫莫的媽媽伸出兩臂，緊緊擁抱著迪迪和陸平，不住的說：「好孩子，願上帝祝福你們，我們一定會再見的。」

一位表哥走進屋內，急忙的說：「轎子已經到了，在外面等著呢。」

迪迪和陸平，依依不捨的向每一個人道別。一夥人都陪著走到大門口，揮手目送他們的轎子漸漸遠去。

迪迪坐在寬大舒適的轎子裡，轉動著烏溜溜的眼睛，說道：「平哥，這幾天是我最快樂，最難忘的日子了。但是，我也很想念父皇和母后，馬上就要見到他們了，真高興啊！」

　　陸平覺得非常的欣慰，他終於圓滿的達成了任務，平安的把迪迪送回宮內。他感到無比的驕傲，因為，他沒有辜負皇帝的託付。陸平一直把這個小太子，當做自己的親弟弟看待，保護他，寵愛他。看到迪迪開心的模樣，陸平的臉上也展開了一個心滿意足的笑容。

第十三章

太子出遊平安歸　樂道清明上河圖

　　回到皇宮後，迪迪很快就換好了衣服，跟隨侍衛走向皇帝的書房。皇帝正背著雙手，在房中來回的踱著方步。皇帝看起來非常沉著穩定，其實他的心中，充滿了期待和興奮。溫柔美麗的皇后，安靜端莊的坐在雕著鳳凰的椅子上等候。但是，她的臉上，顯出了焦急的神情，眼睛不時的向外面張望。

　　當迪迪邁進書房，向父皇和母后跪下請安時，皇帝立即走上前來，笑嘻嘻的把他扶起。迪迪仰起頭說：「父皇，孩兒回來了！」然後，他走近皇后的身邊，用親密的口氣說道：「母后，您這兩天還好嗎？我在路上一直很想念父皇和您呢！」

　　皇后細細端詳著小太子清秀的臉龐，疼愛的說：「好，好，好！你能平安回來，就好了！皇兒啊，怎麼才幾天的時間，你好像長大了不少呢。」皇帝同意的點了點頭：「皇兒，快過來坐下，好好的告訴我和你母后，你都看到了些什麼？做了些什麼？」

　　「父皇，還記得您給我看過的那幅『清明上河圖』嗎？我去過好多畫裡面的地方呢！」迪迪問：「我可以再看一次那幅卷軸嗎？」皇帝指著長案上的漆木盒說：「早就為你準備好了。」兩旁的書僮，立即取出畫軸，在他們的面前緩緩展開。

　　迪迪一面看，一面不斷驚喜的說：「哇！這幅畫，畫得像真的一樣呢！這些地方，我和平哥都去過哩！噢，父皇，我可以繼續稱陸平為平哥嗎？」皇帝輕輕的

點了點頭。迪迪用手指著畫中一個角落，興奮的說：「父皇，父皇，您看啊，這裡就是我們遇見莫莫的地方……」

皇帝挑起了眉毛：「莫莫？」

「噢，『莫莫』是一個走失的小藍帽回回，」迪迪解釋著：「這幾天，他都跟我們在一起，一直到昨天，我和平哥才幫他找到了他的家人。我和莫莫已經成為好朋友了，他還送給我一隻會說話的鳥。對了，那隻鳥的名字叫『圖吉』。如果您們准許，等一會兒讓侍衛去我房裡，把牠帶過來給您們逗逗趣兒，好嗎？」

迪迪順著徐徐展開的畫面，開始仔細的向父皇和母后講述他們的故事。溫和慈祥的船爺爺、美麗的大虹橋、驚險萬狀的大船過橋洞、叮叮咚咚的貨郎擔、乾乾淨淨的清風客店、熱心助人的王掌櫃、城門口慢吞吞的駱駝商隊、開封城內繁華的商店、羊肉店門前說書的老頭兒……不過，他始終沒有提到那三個壞孩子的事，因為他不願意讓父皇和母后為他擔心。

皇帝和皇后正聽得津津有味呢，迪迪卻停住不說了。皇帝說：「好孩子，繼續往下說啊！」

迪迪在卷軸畫上，來來回回的尋找著，並說：「後來我們去的那個猶太社區，噢，就是藍帽回回居住的那幾條巷弄，咦，奇怪！這張畫上怎麼就找不著了呢？」

皇帝呵呵笑道：「傻孩子，這開封城好大呀！這張畫就是再大再長，也沒法把整個開封城都裝進去呢。如果，你能把畫中沒有畫到的地方，說給我聽聽，豈不更好！」

迪迪受到父皇的鼓勵，開始興致勃勃的訴說著他們在猶太社區裡所經歷的一切。莫莫的快樂大家庭、門柱上的「門頭經」，安息日前夕豐盛的晚餐，藍帽回回的中國姓氏，還有那神祕的猶太寺院……一直說到太陽下山，迪迪才停住不說了。

皇帝聽得入了迷，不住的稱讚：「嗯……不錯！不錯！在這短短的幾天裡，你的確增長了許多的見識。怪不得你母后說你看起來長大了不少！」

皇帝接著說：「孩子，告訴我，你認為在這次旅程中，你所學到最珍貴，最重要的東西是什麼？」

迪迪想了想，然後，用很清楚的聲音答道：「父皇，我想是——『友情』和『信任』。」

「哦？」皇帝聽到這樣的回答，十分驚喜的說：「嗯，我倒想聽聽你為什麼會這麼說。」

迪迪說：「父皇，這座皇宮雖然很大，裡面人也很多，但是，我一直很寂寞，因為，我沒有能夠一塊玩兒的朋友。宮中就是有和我年紀差不多的小孩子，他們也總是尊我為皇太子，不敢和我接近。」

說到這裡，小太子露出了微笑：「這次，我在開封遇見了莫莫，他並不知道我

是太子！雖然，他和我長得不一樣，生活習慣也不一樣，但是，我們卻變成了最好的朋友，一起經歷了很多的事情。這幾天，是我有生以來，最快樂的日子了。所以，我覺得，好朋友的『友情』最為珍貴。」

皇帝不住的點頭：「很好，很好，繼續說。」

迪迪又說道：「平哥也是我的好朋友，只是他的年紀比我大了好幾歲，我一直把他當做大哥一樣的依靠他，信賴他。這一次在宮外，我照著父皇的吩咐，無論平哥說什麼，做什麼，我都相信他，聽他的話，所以我們才能一路平平安安的回來啊。所以我覺得，對人的『信任』，也是很重要的事呢。」

皇帝想了想，立即下旨召見陸平。當英氣煥發的陸平進入書房，叩見皇帝皇后時，皇帝十分高興的賜座給他，並讚許的說：「陸平，我沒看錯，你的確是一個值得信任的年輕人。就是因為我相信你，才讓你陪伴迪兒出宮。不過，大城市裡的錯綜複雜，三教九流，不是你這樣一個善良單純的青年，可以全部應付得了的。因此，我也派了人在暗中保護你們……」

「噢……」忽然間，陸平完全明白了！他向皇帝問道：「皇上，請饒恕我大膽的提一個問題，那個……那個手中拿著笛子的光腳牧童……」

「哈，哈，哈！」皇帝笑著說：「你真聰明，就要看出了我的祕密啦。陸平，你是學武術功夫的，大概聽說過天下無敵的『雙影俠』吧？」

陸平點頭稱是：「『雙影俠』是兩位受人敬仰的大俠，他們武藝高強，行俠仗義，來去無蹤。他們幫助了很多的人，做了很多的好事。但是，還從來沒有人見過二位大俠的真面目呢。」

　　皇帝哈哈一笑：「是的，我命令『雙影俠』在暗中保護你們，非到危急關頭，不得出手，也不得干擾你們的活動。那個跑得飛快的光腳牧童，就是雙影俠的小幫手，他的笛聲，也就是不同的信號啊。」

　　皇帝繼續對陸平說：「結果，你並不需要什麼幫助。這一路上，憑著你的沉著、機智、勇敢和忠誠，樣樣事都能順順當當的安然度過。我和皇后對你的表現，感到非常的滿意！將來，我會讓你擔當更重要的任務。好好努力吧，你的前途將不可限量啊！」

　　迪迪聽到父皇對陸平的稱讚，心裡高興極了，他想走上前去恭賀陸平。但是，他忽然覺得好疲倦喲！他的眼皮，怎麼愈來愈沉重，愈來愈沉重啊？

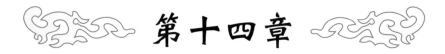

第十四章

皇城開放百姓樂　誰知大俠真面目

霹靂霹靂！啪啦啪啦！霹靂啪啦！霹靂啪啦！煙火鞭炮響個不停！

咚咚咚咚嗆！咚咚咚咚嗆！咚嗆，咚嗆，咚咚嗆！鑼鼓喧天敲個不住！

奏樂聲，舞獅聲，歡笑聲，嬉戲聲，人車嘈雜聲……哇！什麼事這麼熱鬧？

原來，皇帝特別下令打開皇城大門，讓全開封城的老百姓，都能隨意的進入宮內遊玩。這是多麼難得的機會呀！人們川流不息的湧入皇宮，有男有女，有老有少，還有許多住在開封城的外國人也來了呢！御花園和涼亭座裡面，充滿了看花賞景的人。清澈的湖水中，還有好多人在划船哩。富麗堂皇的宮殿內，到處燈火通明，喜氣洋洋……

老船夫帶著小孫女兒來啦！當他看見湖中木橋的四角，各插了一支長竿，每根竿頂上，都有一隻用羽毛紮成的風向鳥時，老船夫那張佈滿皺紋的臉上，浮現出一個微笑：「嘿，這孩子學得可真快，這風向鳥紮的竟和大虹橋上的一模一樣呢！」

王掌櫃也來啦！當他看見宮門兩側點著的大蠟燭時，不禁朗聲一笑：「哈哈！這些蠟燭，不是和那兩個孩子送給我閨女的一模一樣嘛！」

前邊搖著羽毛扇，慢慢騰騰走過來的，不正是那說書先生嗎？他獨自嘟嘟囔囔的，是在編造一個有關小太子的故事吧？

當莫莫的爸爸、媽媽、舅舅、舅媽，帶著所有的孩子，來到御花園遊玩時，

忽然，飛來一隻黃色的鳥，噗，噗，噗，噗的拍動著翅膀，一下子就站到莫莫的肩膀上，用鳥喙親熱的啄著莫莫的頭髮。

「啊——」莫莫忍不住大叫了起來，他急切的親吻著圖吉的羽毛：「圖吉，圖吉，你怎麼會在這裡呀？迪迪呢？平哥呢？」莫莫的爸爸和媽媽，想起了那氣度不凡的迪迪和相貌翩翩的陸平，咦，他們不是回到很遠的家鄉去了嗎？怎麼圖吉會在皇宮中出現呢？難道……

還有，遊手好閒的高個兒、芝麻和大餅，也混在人群之中……

這時，四周奏起了響亮的音樂，伴著悠揚清亮的笛聲。文武百官們立刻分列兩旁，恭迎小太子出場。

當穿著華服，戴著頭冠的太子迪迪，在陸平的陪伴下，出現在眾人面前時，好多人都驚呼了起來：「啊，那位太子，不正是我們在開封城裡，看到過的男孩『迪迪』嗎？」。

三個壞孩子，嚇得頭都不敢抬起來，但又無處可藏，真恨不得有個地洞可以鑽進去呢！

太子迪迪走向眾人，他又看見妹妹的酒窩了，他向妹妹微笑，耳邊響起妹妹清脆甜美的歌聲，也許……將來有一天，妹妹可以永遠留在宮中？但目前他得努力控制住激動的情緒，從容大方的去和其他的人們一一打著招呼。

「船爺爺，我會永遠記得汴河上那座美麗的大虹橋。我要送你一艘大貨船，以後再也沒有螃蟹船敢碰撞你了。」

「王掌櫃，謝謝你在忙著準備婚宴時，還特別帶我們去猶太社區，尋找莫莫

的家人。我要送你一塊『熱心助人』的大匾額，掛在『清風客店』中，讓人們知道你高尚的品格。」

「說書先生，你講的故事太精彩了，希望以後有更多的孩子們能聽到你說的故事。」

這時，陸平俯下身來，對著迪迪的耳邊輕聲說道：「其實船爺爺、王掌櫃和說書先生，都是雙影俠手下的大俠們，他們一路上都在暗中保護著我們哩。」迪迪向他們三人頷首示意，並展露出感謝的笑容。

當迪迪看見那三個低垂著頭的壞孩子時，他用嚴肅卻溫和的口吻說：「記住，以後絕對不可以再隨便的欺侮人了，知道嗎？」

但是，當迪迪看見莫莫全家和圖吉時，他完全忘記了小太子尊貴的身分，反而興奮的雀躍不已。他先謝過莫莫家人對他的熱情款待，然後就迫不及待的拉著莫莫跑開了。他要告訴莫莫，從他們分別後，所發生過的每一件事⋯⋯

這時，那神祕的笛聲，又再響起了。迪迪告訴他的好朋友，有關那個光腳牧童和雙影俠的祕密。迪迪說：「如果我們跟著這笛聲追過去，也許就可以追到雙影俠，看到他們的真面目了。」莫莫手中拉著紅色龍風箏的長線，跟在迪迪的後面，兩人拚命的向前奔跑，穿過彎彎曲曲，一條又一條的狹窄弄堂，跑啊，跑啊，跑啊⋯⋯但是那笛聲永遠都在他們前面，怎麼追也追不上⋯⋯

第十五章

紅風箏和藍帽子　四海長存真友情

迪迪跑出了一身大汗，他從床上猛然的坐了起來。宮殿中這麼安靜，哪來的鞭炮聲？鑼鼓聲？歡笑聲？那些老百姓都到哪裡去了？

迪迪用力揉了揉眼睛，啊！原來只是做了一場夢！但是，他是多麼的想念在夢中出現的那些人們啊！

天逐漸亮了，迪迪和他肩膀上的圖吉，在侍衛的陪伴下，登上了皇宮城牆上高高的門樓。他踮起了雙腳，抬頭朝遠方望去，開封城盡在他的眼下。「清明上河圖」中，遼闊的全景和忙忙碌碌的人們，彷彿又在他的面前呈現了！

矇矓中，一條紅色的長龍，在遙遠的天空中冉冉升起……

迪迪朝它揮了揮手，因為，他知道他的好朋友——小藍帽，就在那裡。

寫書的人

張燕風

張燕風可以說是一個視覺十分敏感的人。就比如說，在某一條街上，一般人從街頭走到街尾只需要十分鐘的時間，而她可能就會花上個二十分鐘。因為街道兩旁張貼的廣告、懸掛的海報、牆壁上的塗鴉和壁畫等，都會吸引她停下腳步來細細觀看。如果能從那些畫面中得到一些靈感，或者發現了一些故事的話，她就會非常興奮的把它們編寫或記錄下來。

在她的十一部著作中《老月份牌廣告畫》、《布牌子商標畫》和英文作品 "Cloud Weavers"（《編織雲彩的人》）等，都是與畫面有關的書籍。

張燕風經常到世界各地去旅遊，因此在她的書中往往會反映出多元文化結合的特性。三民書局出版的《畫中有話》一書就可以做為其中代表。

《紅風箏和藍帽子》以宋朝名畫「清明上河圖」為背景，沿襲了張燕風喜愛以畫作說故事的風格。她覺得能有機會向讀者介紹這幅每個中國人都引以為傲的藝術傑作，同時從中分享一個跨越文化、跨越種族的友情故事，是她最大的快樂。

張燕風為美國約翰霍浦金斯大學數理統計學碩士。現居美國北加州。愛好藝術與寫作。

Rena Krasno

1923 年，猶太裔的 Rena 出生在上海，對猶太人跟中國人都有難以割捨的感情。在 24 歲之前，她都在上海念書、生活。沒錯，不久之後，她就要84歲了，她是每一個人心目中慈祥的奶奶。

她曾經寫過三本給成人看的英文書。由於她居住過許多不同的國家，所以希望給孩子們一些不一樣的異國風貌，所以她也寫童書，她寫過兩本關於菲律賓的書：《香蕉也有心》（希伯來文）和《跪著的水牛與跳舞的巨人》（英文）；也寫過關於日本的《飄浮的燈籠與跳舞的巨人》（英文），以及與張燕風合寫、關於中國的《編織雲彩的人》（英文）。這本《紅風箏和藍帽子》是她的第五本童書。她最最最開心的時刻，就是孩子們讀她的書，或在圖書館或學校聽她的故事後，寫信給她。

她會說六種語言，在許多國家做過同步口譯的工作。其中最令人興奮的一次經驗，就是在日本的冬季奧運擔任翻譯。現在，世界已成為一個地球村了，她希望大家至少能夠學會一種外國語文。這樣，不但可以享受到其他國家旅遊的樂趣，還能夠認識不同國家的朋友，可以跟他們介紹你自己的國家，也能從他們的身上了解他們國家的文化——就像是迪迪和莫莫一樣。

畫畫的人

王 平

　　王平自幼愛好讀書，書中精美的插圖引發了他對繪畫的最初熱情，也成了他美術上的啟蒙老師。大學時，王平讀的是設計專科，畢業後從事圖書出版工作，但他對繪畫一直充滿熱情，希望用手中的畫筆描繪出多彩的世界。

　　王平個性樸實，為人熱情，繪畫風格嚴謹、細緻。繪畫對王平來說，是一種陶醉和享受，並希望通過畫筆把這種感受傳遞給讀者，帶給人們愉悅和歡樂。

馮 艷

　　生長在美麗的渤海灣邊，從小聽八仙過海的故事長大，深信長大後，自己也能夠騰雲駕霧，飛過大海。

　　懷著飛翔的夢想，大學畢業以後，走過許多城市，現在定居在北京。曾做過廣告設計、雕塑、剪紙、設計製作民間玩具。幾年前，開始接觸兒童圖畫書，進而迷上了圖畫書，並且嘗試繪製插圖，希望透過自己的畫，把快樂帶給大家。

全套共100冊，陸續出版中！

世紀人物 100

主編：簡宛 女士
適讀年齡：10歲以上

入選2006年「好書大家讀」推薦好書
行政院新聞局第28次推介中小學生優良課外讀物

◆不刻意美化、神化傳主，使「世紀人物」
　更易於親近。

◆嚴謹考證史實，傳遞最正確的資訊。

◆文字親切活潑，貼近孩子們的語言。

◆突破傳統的創作角度切入，讓孩子們認識
　不一樣的「世紀人物」。

兒童文學叢書

音樂家系列

沒有音樂的世界，我們失去的是夢想和希望……

每一個跳動音符的背後，到底隱藏了什麼樣的淚水和歡笑？
且看十位音樂大師，如何譜出心裡的風景……

由知名作家簡宛女士主編，邀集海內外傑出作家與音樂
工作者共同執筆。平易流暢的文字，活潑生動的插畫，
帶領小讀者們與音樂大師一同悲喜，靜靜聆聽……

國家圖書館出版品預行編目資料

紅風箏和藍帽子 / 張燕風,Rena Krasno著;王平,馮艷
繪.－－初版一刷.－－臺北市:三民,2007
面; 公分.－－(兒童文學叢書)
ISBN 978-957-14-4888-6 (精裝)

859.6 　　　　　　　　　　　　96018318

© 　紅風箏和藍帽子

著 作 人	張燕風　Rena Krasno
繪 　 者	王 平　馮 艷
責任編輯	李玉霜
美術設計	黃顯喬
校 　 對	王良郁
發 行 人	劉振強
著作財產權人	三民書局股份有限公司
發 行 所	三民書局股份有限公司
	地址　臺北市復興北路386號
	電話　(02)25006600
	郵撥帳號　0009998-5
門 市 部	(復北店)臺北市復興北路386號
	(重南店)臺北市重慶南路一段61號
出版日期	初版一刷　2007年10月
編 　 號	S 857021
定 　 價	新臺幣250元

行政院新聞局登記證局版臺業字第○二○○號

有著作權·不准侵害

ISBN 　978-957-14-4888-6 　(精裝)

http://www.sanmin.com.tw 三民網路書店
※本書如有缺頁、破損或裝訂錯誤,請寄回本公司更換。